AF221423

1

Wieder da

Horror hinter 24 Türchen

Bibliografische Information der Deutschen Nationalbibliothek: Die
Deutsche Nationalbibliothek verzeichnet diese Publikation in der
Deutschen Nationalbibliografie; detaillierte bibliografische Daten
sind im Internet über dnb.dnb.de abrufbar.

Herstellung und Verlag: BoD – Books on Demand, Norderstedt

ISBN: 9783752869132

In Liebe
für
Lynn

Türchen Nr. 1

Prolog
Hannover, Herbst 2005

„Wo sind eigentlich meine alten Puppen hin?", fragte ich meine Mutter eines Nachmittags. Ich war zwölf. Es war ein verregneter Sommertag. Mir war langweilig.

„Auf dem Dachboden", erklärte meine Mutter freundlich. „In einer Kiste. Genau wie all das andere Spielzeug, das zu schade für den Müll ist."

„Im Ernst?", fragte ich befremdet.

„Wollen wir sie noch einmal herunterholen?", schlug meine Mutter vor, die immer erpicht darauf war, mich irgendwie zu beschäftigen.

„Igitt, nein", wehrte ich hastig ab. Die Vorstellung, abgelegte, verstaubte Puppen aus einer Kiste zu ziehen, fand ich abstoßend. Zugleich überkam mich auch ein unbestimmtes schlechtes Gewissen. Ich konnte mich nicht einmal daran erinnern, die Puppen aussortiert zu haben. Für einen Augenblick sah ich sie vor mir, wie sie lieblos durcheinandergewürfelt ihr sinnloses Dasein in einer Kiste fristeten, fertiggeliebt und überflüssig.

Zum Glück konnte ich meine Mutter überreden, mit mir schwimmen zu gehen. Sie saß schicksalsergeben mit einem aufgespannten Regenschirm auf einer der Freibadbänke und sah mir zu, wie ich durch das menschenleere Becken tobte und mir dabei den Regen ins Gesicht prasseln ließ. Es gab definitiv kein Wetter, das mich vom Schwimmen abhalten konnte. Außerdem *war es normalerweise die beste Garantie dafür, abends müde ins Bett zu fallen und friedlich zu schlafen – nur leider war dies in dieser Nacht nicht der Fall. Nein, nicht in dieser Nacht...*

Plötzlich, wie aus dem Nichts, aus tiefen Schlaf heraus: Schritte. Direkt über mir. Über meinem Zimmer, wo nur noch der Dachboden war. Schritte auf dem Dachboden. Um diese Zeit? Mitten in der Nacht?

Hellwach schreckte ich hoch und starrte laut atmend an die Zimmerdecke, bis etwas anderes meine Aufmerksamkeit auf sich zog. Etwas, was ich im Augenwinkel schemenhaft wahrnahm, etwas, was dort nicht hätte sein dürfen. Langsam drehte ich den Kopf zur Seite, senkte den Blick um und - da war sie: eine meiner Puppen stand neben meinem Bett, zum Greifen nah, groß wie ein Kind. Ihre Kunstlocken waren verfilzt und spinnwebverhangen, ein Riss ging quer durch ihr Plastikgesicht wie eine klaffende Wunde. Mit ihrem ewigen Puppen-Lächeln auf den starren Lippen flüsterte sie: „Hallo. Mami. Dein Baby ist wieder da."

Ich schrie noch, als mein Vater meine Zimmertür aufriss, hereingeeilt kam und das Licht anmachte. Er nahm mich in den Arm. Ich schob meine Stirn in seinen dichten Vollbart und war nicht zu beruhigen, bis er sich bereit erklärte, neben mir liegen zu bleiben und zwar die ganze Nacht. Ich drückte mein Gesicht an seine Schulter.

„Ich bin hier, Tessa", murmelte er immer wieder. „Dir kann also gar nichts geschehen. An mir kommen nicht einmal böse Träume vorbei."

Türchen Nr. 2

Die Maibowlenparty
Hannover, Mai 2014

Niemand mochte Insa Albu.

Ich wusste das.

Selbst Celine schüttelte gelegentlich den Kopf und fragte mich: "Was findest du nur an dieser Frau, Tessa? Echt jetzt, niemand kann was mit ihr anfangen. Ich selber bekomme – ganz ehrlich – schon von ihrem Anblick eine Gänsehaut."

Nun, ich konnte die rotblondgelockte Celine gut leiden. Sie war lustig, unkompliziert und gesellig. Also genau das Gegenteil von Insa Albu.

Insa jedoch war damals, am Anfang des zweiten Studiensemesters, meine beste Freundin. Dafür hatte ich meine Gründe. Es waren Gründe, die ich nicht unbedingt jedem auf die Nase band, nicht einmal Celine, obwohl ich mich gerne mal in der Cafeteria zu ihr und ihrer kleinen fröhlichen Truppe setzte. Sie war immer umgeben von drei, vier Freundinnen, die alle unterschiedlich gefärbte Haare hatten, von rot-orange bis violett. Gemeinsam sahen ihre Köpfe aus wie ein Sonnenuntergang. Das lauteste Gelächter, das durch die Cafeteria klang, kam immer von ihrem Tisch.

Insa lachte nie. Ihr Äußeres war farblos, ihre Augen schmal und lichtgrau, ihre Stirn ungewöhnlich hoch und das dünne strähnige Haar so blond, dass es fast weiß erschien. Wirklich befremdlich war ihr Lächeln.

9

Sie zog die Lippen auseinander, zeigte ihre Zähne, was bei ihr wie eine Grimasse wirkte, wie die missglückte Vorstellung eines schlechten Clowns. Zum Glück zog sie es vor, eher missmutig in die Welt zu blicken. Zudem hatte sie ein Talent dafür, andere vor den Kopf zu stoßen. Entsprechend wenig Sympathie brachten die Kommilitonen ihr entgegen, was sie mit Gelassenheit ertrug. Das einzige Wichtige schien für sie die Freundschaft mit mir zu sein.

So jedenfalls kam es mir vor.

Für eine Weile.

Unsere Freundschaft folgte klaren Regeln. In erster Linie half Insa mir, durch das Studium zu kommen. Mit ihr gemeinsam waren die Hausarbeiten im ersten Semester ein Kinderspiel, die Referate ein Spaziergang gewesen. Sie kannte sich aus. Sie wusste immer Bescheid. Über alles. Dabei gab sie mir niemals das Gefühl, sie auszunutzen, im Gegenteil: sie war ungeheuer dankbar für diese Freundschaft. Ständig hatte sie Geschenke für mich, Aufmerksamkeiten, machte mir Komplimente, dabei war ich in diesem Studium in Wirklichkeit ein hoffnungsloser Fall. Geschichte studieren – ausgerechnet ich! Die Idee stammte natürlich von meiner Mutter, die ihrerseits eine Historikerin zur Freundin hatte. Diese fürchterliche alte Schachtel namens Dr. Schramm unterrichtete noch dazu an unserer Universität. Wie naheliegend, die einzige Tochter– nämlich mich - bei der Freundin studieren zu lassen! Zum Glück hatte die Professorin gerade ein Forschungssemester, und ich lief nicht Gefahr, in eine ihrer Vorlesungen zu geraten.

Insa jedenfalls war in diesem Studium meine Rettung. „Du musst nur durchhalten", riet sie mir immer wieder, „einfach durchhalten. Dann machen wir zusammen den Abschluss, Tessa, und schreiben gemeinsam Bücher, mit denen wir berühmt werden."

Wenn Insa so etwas sagte, klang es ganz einfach.

Die zweite wichtige Grundlage für unsere Freundschaft waren die Gespräche über meinen Vater. Kurz nach meinem sechszehnten Geburtstag war mein Papa verunglückt. Kein Mädchen sollte in diesem Alter seinen Vater verlieren. Meiner war Förster gewesen, hatte den Wald geliebt, die Berge, Schluchten und Täler, Gipfel und Anhöhen, er hatte mir die Welt gezeigt, war mit mir gewandert, geklettert und in versteckte Seen gesprungen, hatte das Unterholz mit mir durchstreift. Jeder Tag - ein Abenteuer!

Bei seinem Hang zum Extremsport, zum Freeclimbing, zum Bezwingen vereister Felsen war ich ihm jedoch nicht gefolgt, sonst wäre ich wohl mit ihm gemeinsam in jene Gletscherspalte hinabgestürzt, aus der es kein Entkommen gab.

Verlassen von ihm - musste ich meine Rettungsschwimmerabzeichen ablegen, ohne von ihm angefeuert zu werden, ich musste mit dem pickeligen Nachbarjungen beim Abschlussball tanzen und beim Vater-Tochter-Walzer sitzen bleiben; nur meine Mutter bejubelte mein Abiturzeugnis, durch die Wälder streifte ich fortan allein. Aber Trauer war – so musste ich feststellen - nur eine gewisse Zeit erlaubt. „Meine kleine Tessa", so klang die Ansprache meiner Mutter, wenn ich ihr mein Leid zu klagen wagte. „Das ist jetzt so viele Jahre her, dass dein Vater gestorben ist. Du bist jung. Du bist gesund. Lebe dein Leben, genieß deine Jugend."

So viele Jahre. Sie hatte keine Ahnung. Ich hörte auf mit ihr zu reden. Ich vertraute ihr überhaupt so wenig wie möglich an. Nicht einmal von den unerklärlichen Geräuschen auf dem Dachboden, die mich immer wieder in unregelmäßigen Abständen peinigten, erzählte ich ihr, obwohl es durchaus beunruhigend war, dort oben Schritte zu hören. Wenn meine Mutter vormittags in der Schule unterrichtete und ich allein an meinem Rechner saß... Wenn meine Mutter friedlich in ihrem Zimmer schlief, nachts... Oder wenn sie mich von unten gerade zum Abendessen rief... Ja, in solchen Momenten waren diese Geräusche dort oben schwer zu erklären. Meine Mutter und ich wohnten seit dem Tod meines Vaters allein in dem kleinen freistehenden Häuschen, das mein Vater einst von seinen früh verstorbenen Eltern geerbt hatte. Allerdings waren das geheimnisvolle Tapsen, Knacken und Schurren nichts wirklich Neues für mich. In Wahrheit begleiteten diese Geräusche mich inzwischen seit meiner Pubertät. Manchmal hörte ich monatelang nichts, dann war es plötzlich wieder da, aber ich hatte keine Lust mehr, von meiner Mutter auf den Dachboden gezerrt zu werden, damit sie mir zeigen konnte, „dass da nichts ist!" – oder zu irgendwelchen verständnisvoll nickenden Psychologen. Ich stopfte mir lieber Watte in die Ohren und malte mir aus, dass altes Spielzeug offensichtlich wirklich ein Eigenleben führte, wenn es unbeobachtet war, eben genauso wie in Disneys *Toy Story*. Oder ich schloss mich der Marder-Theorie meiner Freundinnen an. Ein Marder auf dem Dachboden war schließlich nichts Außergewöhnliches in einem alleinstehenden Haus mit einem großen verwilderten Garten. Allerdings: langsame Schritte und Türen, die sich leise knarrend öffneten und schlossen – das musste auf jeden Fall ein sehr besonderer Marder sein! Leider konnte mein Vater mich nicht mehr vor solchen Alpträumen beschützen. Ich vermisste ihn bitterlich.

Mit Insa konnte ich mir stundenlang die alten Kinderfotos angucken, von ihm erzählen, von unserem gemeinsamen Touren, von den vergangenen Tagen. Manchmal weinten wir sogar zusammen, manchmal streichelte sie mit ihren schlanken weißen Händen über sein Bild.
„Christopher Born, man könnte sich in ihn verlieben", sagte sie einmal und fuhr mit ihrem blassen, schmalen Zeigefinger so heftig über seine Gestalt, als wolle sie ihn aus dem Foto reißen. Da entzog ich ihr das Album mit einer raschen Bewegung. „Er ist tot. Es macht keinen Sinn, sich in einen Toten zu verlieben", entgegnete ich und klappte entschlossen das Album zu. Was zu viel war, war zu viel.
„Ach, der Tod", sagte Insa mit einem merkwürdigen Funkeln in ihren schmalen Augen. „Der Tod ist so eine Sache für sich."
Bis zur Maibowlenparty hatten wir also keine Probleme

miteinander und verstanden uns ausgezeichnet. Aus meiner Sicht erwies sich diese Freundschaft als ein ganz gutes Arrangement für uns beide.

Die Maibowlenparty war der Höhepunkt des Sommersemesters. Ich wollte Insa abholen, aber sie lag mit einem schweren Anfall von Muskelschmerzen im Bett. Seit ihrer Jugend litt sie an Fibromyalgie, einer chronischen Muskelerkrankung, bei der nicht einmal Schmerzmittel halfen, erklärte sie mir und schickte mich mit einem Rezept in die Apotheke. Ich holte Amitriptylin, ein Psychopharmaka, offensichtlich der einzige Wirkstoff, der etwas Linderung bringen konnte, kochte ihr eine Hühnersuppe und stellte dazu ein Glas Milch an ihr Bett. Es war kein Vergnügen, ihr beim Schwitzen und Stöhnen zuzusehen. Die Schweißperlen liefen ihr über die bleiche Haut, um ihre Augen bildeten sich tiefe, fast bläuliche Schatten, die Haarsträhnen klebten an der hohen Schläfe. Sie sah noch entschieden gruseliger als sonst aus.

Ich wollte mich verabschieden, aber sie fuhr entsetzt im Bett hoch, fühlte sich sichtlich verraten und mahnte an, es sei doch wohl nun an mir, mal für sie da zu sein. In mir pochte das schlechte Gewissen. Ich dachte an zahlreiche Hausarbeiten, Referate und endlose Gespräche, in denen es nur um *meinen* Kummer gegangen war. Aber auf der Party wartete dieser Junge mit den nougatbraunen Augen auf mich. Robin. Sein Lächeln ließ meine Knie zittern. Er hatte gefragt, ob ich kommen würde. Ich konnte ihn unmöglich versetzen. Auf gar keinen Fall.

Schließlich gab ich vordergründig nach und erklärte

mich bereit, ein paar DVDs und etwas Essbares für uns beide vom Imbiss zu besorgen, den Abend dann auf jeden Fall mit ihr zu verbringen. So wichtig war eine Maibowlenparty natürlich nicht! Fürsorglich strich ich ihre Bettdecke gerade und hatte dabei auch noch das beruhigende Gefühl, eine gute Freundin zu sein. Statt jedoch auf dem direkten Weg zu mir zu fahren, um die Filme zu holen, machte ich einen Umweg über die Uni. Zumindest wollte ich Robin mein Fortbleiben erläutern, vielleicht würde man ja ein neues Date ins Auge fassen, an einem besseren Tag als diesem.

Die Aula war mit Leuten gefüllt. Grelle Lampen warfen ein unruhig flackerndes Licht, Stimmengewirr und lautes Gelächter schallten mir entgegen, hämmernde Rhythmen kamen aus den Lautsprechern. Da schob sich plötzlich ein Sektglas in mein Sichtfeld. Ich griff danach. Nougatbraune Augen strahlten mich an.
Unsere Gläser klirrten aneinander. Das perlende Nass floss meine Kehle herunter. Plötzlich war das Leben leicht und unbeschwert. Wir tanzten, zwischendurch lächelten wir uns an, ich war eine von vielen, ein Mensch in der Menge, eine Studentin wie so viele andere, eine junge Frau, die sich amüsierte, auf dem besten Weg sich zu verlieben. Dieser Abend gehörte mir. Seine Hand legte sich um meine Taille und zog mich von der Tanzfläche. „Komm, ich brauche frische Luft."
Ich lehnte mich unauffällig an ihn, für einen Augenblick spürte ich sein Kinn an meiner Stirn. Aber etwas veränderte sich, als wir auf den Ausgang zugehen.

„Oh, deine Freundin ist auch gekommen?", hörte ich seine Stimme in einem merkwürdig ernüchterten Tonfall.

Mein Blick flog zum Ausgang. Die Türen zur Mensa waren weit geöffnet, so dass die frische Frühlingsluft hineinwehen konnte. Insa lehnte am Türrahmen. Ihre Augen starrten mich kalt an. Sie hatte die Arme vor der Brust verschränkt. Sie wartete auf mich. Ihre blassen Lippen bildeten eine schmale, verkrampfte Linie.

Ich löste mich von Robin und trat mit einem unguten Gefühl zu meiner Freundin. „Es tut mir Leid, Insa, ich wollte nur …"

Ihre scharfe Stimme schnitt mir die Wort ab: „Ich dachte, wir wären Freundinnen, Tessa. Das dachte ich."

Zugleich verriet mir ihr Blick, dass unsere Freundschaft von nun an neuen Regeln folgen würde.

Türchen Nr. 3

Ein Lied am Klavier
Hannover, Oktober 2014

Mein Glück endete an einem verregneten grauen Morgen im Oktober, kurz nachdem das dritte Semester begonnen hatte.

Es war der beste Sommer meines Lebens gewesen. Insa war wochenlang auf irgendwelchen geheimnisvollen Reisen, was mir eigentlich ganz lieb war, denn seit der Maibowlen-Party war die aufblühende Romanze zwischen Robin und mir für sie ein rotes Tuch. So ersparte ihre wochenlange Abwesenheit mir viele finstere Blicke und fruchtlose Diskussionen. Stattdessen machte ich mit Robin Motorrad-Touren, veranstaltete romantische Picknicks im Park, wurde in italienische Restaurants zu Mozzarella-Pizza mit Rotwein eingeladen und ließ mich treiben auf jener euphorischen Welle, die nur eine glückliche Liebe verursachen kann. Die sich anfühlt, als stünde man unentwegt auf einem Gipfel und die ganze Welt würde einem zu Füßen liegen.

Als Insa von ihrer Reise zurückkehrte, offenbarte ich ihr mein Glück, was sie mit überraschender Gelassenheit hinnahm. Offensichtlich hatte die Reise ihr neue Erkenntnisse gebracht. Sie sprach sogar davon, das nächste Mal mit mir gemeinsam in jene wunderschöne Region in Tirol reisen zu wollen, aber mir war nicht nach Reiseplänen zumute. Wenn überhaupt wollte ich mit Robin wegfahren, mit dem Motorrad quer durch Südschweden, sobald es wieder wärmer wurde, vielleicht nächstes Jahr im Mai oder Juni…

Aber es kam anders.

An jenem schrecklich düsteren Morgen im Oktober kam ich morgens in die Uni und erfuhr von Robins Motorradunfall. In einer Kurve. Auf regennasser Fahrbahn weggerutscht. Die Kontrolle verloren. Sofort tot.

Ich fiel in einen endlosen Abgrund, die Trauer umfing mich wie ein undurchdringliches Gespinst aus unstillbarer Sehnsucht, Verzweiflung, Wut und Unverständnis. Alles kam wieder hoch. Der Tod meines Vaters, die Leere, die er hinterlassen hatte, die mich so schrecklich klein, schwach und verwundbar gemacht hatte. Ich war wieder das hilflose Kind, wieder dem Schicksal ausgeliefert, einem Schmerz, der meine Kraft überstieg. Insa war ständig an meiner Seite, begleitete mich wie ein geduldiger Schatten, selbstlos, leise und verlässlich, mein einziger Halt.

Meine Mutter unternahm zahlreiche peinliche Versuche, mich aus meiner Lethargie zu reißen. In den meisten Fällen konnte ich ihren Bemühungen ausweichen, aber als sie mich und Insa gemeinsam mit ihrer Freundin Dr. Ursula Schramm zu ihrem Geburtstagsessen einlud, gab es keine passende Ausrede. So überredete ich Insa zum Mitkommen, nicht ahnend, dass diese Einladung von allen schlechten Ideen meiner Mutter die mit Abstand schlechteste war. Um es genau zu sagen, war es der unglücklichste Einfall ihres Lebens.

Wir waren bereits spät dran, als meine Mutter uns die Tür öffnete. Sie hatte ihre dunkelrote Seidenbluse an und nahm den Blumenstrauß und die Pralinen aus unseren Händen, als hätte sie nie etwas Schöneres zum Geburtstag bekommen. Dr. Ursel Schramm stand auf und kam uns entgegen mit den aufmunternden Worten: "Ach, die jungen Kolleginnen." Ich verspürte in mir einen schwer zu unterdrückenden Fluchtreflex.

Von dem dampfenden Schweinebraten aßen Insa und ich uns nichts, weil wir uns in dieser Phase gerade fleisch- und zuckerfrei ernährten, daher beschränkten wir uns auf Kartoffeln und Gemüse. Mit dem Gesprächsstoff war es ebenfalls etwas sperrig. Aus unserem jugendlichen Leben gab es nicht viel zu berichten, also widmeten wir uns den spannenden Forschungsergebnissen der Professorin Dr. Schramm, die ich schon seit meiner Kindheit kannte. Etwas Extravagantes hatte die Historikerin an sich, schmückte sich gerne mit den Errungenschaften ihrer Reisen, am heutigen Tag trug sie einen bunten Turban und ein üppiges Ohrgehänge, das aus winzigen fischartig geformten bunten Perlen bestand. Es machte ihr nichts aus, einen Großteil der Unterhaltung allein zu bestreiten. Ihre Augen funkelten dabei, und in ihrer lebhaften Stimme klang eine fast rührende Begeisterung für das eigene Forschungsgebiet. Vor zwei Jahren hatte sie sich den Feen und Kobolden

Irlands gewidmet, ihr neuestes Buch handelte von mystischen Phänomenen in Rumänien.

„Sehen Ihre Kollegen denn das noch als Wissenschaft an?", fragte Insa skeptisch.

Dr. Schramm lachte. „Na, anfangs war es schon ein kleiner Skandal, sich als Wissenschaftlerin solchen Inhalten zu verschreiben, aber mir ging es ja gar nicht um die Kobolde, sondern um die Fakten, die dahinter stehen. Ich habe die mystischen Geschichten, die seit Jahrhunderten in Donegal erzählt werden mit bewiesenen Naturereignissen verglichen. Statistik trifft auf Mystik. Was ich beweisen wollte, war nicht, dass es Kobolde und Feen in Irland gibt, sondern, dass Mythen und Legenden, gerade diejenigen, die sich bis in die moderne Zeit hinein halten, oft auf wirkliche Begebenheiten zurück zu führen sind. Das gibt diesen Geschichten plötzlich einen ganz anderen Sinn. Sie sind wie ein schönes Gewand, hinter dem sich eine Wirklichkeit verbirgt, die wir einfach noch nicht verstehen. Viele Wissenschaftler mögen es nicht, wenn ihre Forschung nur neue Fragen aufwirft, anstatt Antworten zu bieten. Mich reizt das."

„Und in Rumänien widmen Sie sich den Vampiren?" Insa zog spöttisch die Augenbrauen hoch.

Die Historikerin schüttelte langsam den Kopf. „In Rumänien widme ich mich einer Reihe von sehr dunklen Vorkommnissen, liebe Kollegin. Da fällt mir ein: Ihr Nachname ist doch `Albu', oder?"

Insa starrte sie unbewegt an. „Ein häufiger Name in Rumänien."

„Er heißt ‚weiß', wenn ich richtig informiert bin.", fuhr

Dr. Schramm fort. „Ich habe lange zur Geschichte eines alten Herrensitzes geforscht. Die Familie war in so viele ungeklärte Mordfälle verstrickt, dass sie schließlich ihren Namen änderten. Sie nannten sich fortan ‚Albu‘, also -weiß-, wie ein ungeschriebenes Blatt, wie eine weiße Weste. Aber die Gewalttaten hörten im Umkreis deswegen nicht auf. Statistisch gesehen war es vor dreißig Jahren dreimal so wahrscheinlich, in einem Umkreis von zehn Kilometern um dieses Herrenhaus ein Mordopfer zu werden, dessen Tod nie geklärt wird, oder auf unerklärbare Weise auf immer zu verschwinden, als in jeder anderen Gegend in Rumänien."

„Wie interessant", entgegnete Insa kalt.

Meine Mutter räusperte sich und lächelte angestrengt. „Wann waren Sie das letzte Mal in Rumänien, Insa? Ich hörte, es ist ein sehr schönes Land."

„Vielleicht für andere", meinte Insa, ohne meine Mutter anzusehen. Sie starrte unentwegt in das Gesicht der Historikerin. In ihren Augen blitzte etwas auf. Ich zuckte zusammen. Noch nie hatte ich einen so hasserfüllten Ausdruck in einem Blick gesehen. Aber im nächsten Augenblick verblasste das Funkeln schon, und Insas Blick wurde wieder herablassend und abweisend, wie ich es von ihr gewohnt war. Wahrscheinlich hatte ich mich einfach geirrt.

Dr. Schramm nahm gelassen einen Schluck aus ihrem Weinglas und stellte das Glas lächelnd wieder ab. „Ich bringe demnächst ein Buch heraus mit meinen Forschungsergebnissen. Vielleicht haben Sie ja Lust, es zu lesen."

„Ich denke nicht", antwortete Insa. Ich blickte sie fragend an, was von ihr demonstrativ ignoriert wurde. Normalerweise behandelte sie Menschen nicht besonders entgegenkommend, aber eine derartige Unhöflichkeit ging doch über ihre gewohnte Reserviertheit hinaus. Langsam fühlte ich mich unwohl. Schon wieder versuchte meine Mutter, die Situation zu retten. „Ihre Eltern leben noch in Rumänien, Insa?"

Jetzt endlich wandte Insa sich der Gastgeberin zu. „Ich hoffe nicht. So Gott will, sind beide tot."

Einen Augenblick erstarrte alles in peinlichem Schweigen. Dann beugte Insa sich zu ihrem Korb herunter und holt zwei kleine Törtchen hervor. Als sei nichts geschehen, meinte sie freundlich: "Wir haben noch einen Nachtisch mitgebracht. Wir essen im Moment ja keinen Zucker, aber Ihnen wünschen wir einen guten Appetit. Heute Nachmittag habe ich sie gebacken. Sie sind ganz frisch."

Meine Mutter bedankte sich überschwänglich und begann eifrig zu essen. Meine Mutter liebte süßes Zeug, und wenn sie nervös war, aß sie besonders schnell. Heute verschlang sie den kleinen Kuchen. Ihre Freundin aber schob das kleine Geschenk zur Seite.

„Das schaffe ich momentan nicht mehr, auch wenn sie wirklich lecker aussehen. Eine schöne Idee. Aber was haltet ihr davon, wenn unser Geburtstagskind uns jetzt etwas am Klavier vorspielt, und wir gemeinsam singen?"

Natürlich zierte meine Mutter sich, aber als Musiklehrerin liebte sie es zu singen. Kurz darauf schlug sie begeistert in die Tasten. Wir standen artig um sie herum und sangen mit. Schließlich hielt sie ganz erschöpft inne, seufzte glücklich lächelnd. „All die alten Lieder, wie gut es tut, sie mal wieder gemeinsam mit anderen zu singen. So, Insa, jetzt müssen Sie sich aber ein Lied wünschen. Ich hoffe nur, dass ich es kenne."

Insa wünschte sich ein Kinderlied. „Auf einem Baum ein Kuckuck saß". Zuerst dachte ich, sie wollte sich über meine Mutter lustig machen, aber meine Freundin kannte wahrhaftig den gesamten Text und sang mit Inbrunst bis zur letzten Strophe: *Und als eine Jahr vergangen – Simsalabimbambasaladusaladim – und als eine Jahr vergangen war – das war die Kuckuck wieder – Simsalabim-bambasaladusaladim – da war der Kuckuck wieder da!"*

Später brachte ich Insa nach Haus, und wir schüttelten gemeinsam den Kopf über die schrägen Szenen dieses Geburtstagsessens.

„Den Namen ‚Albu' scheint diese Professorin ja echt gefressen zu haben", stöhnte Insa.

„Vielleicht hat sie gehofft, du könntest etwas zu ihren Forschungsergebnissen beitragen."

„Natürlich, sie hat gehofft, dass ich jetzt einen jahrhundertealten Krimi für sie löse, nur weil ich zufällig auch ‚Albu' heiße."

„Ach komm", sagte ich schließlich. „Im Grunde war es doch ein ganz gelungener Abend."

„Natürlich", stimmte Insa mir zu und hakte sich bei mir

unter. „Ein ganz und gar gelungener Abend."

Dann begann sie, leise vor sich hin zu pfeifen. Ich erkannte die Melodie sofort.

Simsalabimbambasaladusaladim – da war der Kuckuck wieder da.

Türchen Nr. 4

Die innere Wüste
Hannover, November 2014

Nur wenige Tage nach ihrem Geburtstag musste meine Mutter ins Krankenhaus eingeliefert werden. Sie klagte über heftige Schmerzen und einen unstillbaren Durst. So lange ich denken konnte, hatte ich schon immer eine gesunde Abneigung gegen Krankenhäuser gehabt, in diesen Tagen wurden die sterilen Gänge, der Gestank nach Desinfektionsmitteln, die Schläuche, der Tropf und das Piepen und Blinken der Monitore zu einem immer grauenvolleren Alptraum. Mein Magen verkrampfte sich, sobald ich meine Hand auf die abgegriffene Klinke legte und die Tür zum Krankenzimmer meiner Mutter aufschob. Die Patientin verwandelte sich innerhalb weniger Tage von der lebensfrohen, tatkräftigen Realschullehrerin in eine fremde, hilflose Gestalt, deren Gesicht immer mehr dem einer ägyptischen Mumie glich. Nur die Augen, die mich aus den tiefen Höhlen hilfesuchend und fragend anblickten, blieben schmerzlich vertraut.

„Es liegt am Flüssigkeitsverlust", erklärte die Ärztin, selber ratlos und entsetzt. Sie konnte die Krankheit weder deuten, noch einordnen und schon gar nicht behandeln. Proben wurden an das Tropeninstitut geschickt. In Südamerika sollten ähnliche Symptome beobachtet worden sein. Die Ureinwohner des brasilianischen Dschungels nannten diese Krankheit „Die innere Wüste", weil die Betroffenen verdursteten inmitten einer üppigen, feuchten Vegetation.

Ich saß am Bett meiner Mutter, fühlte mich in meiner Schutzbekleidung wie ein Astronaut und beträufelte ihre Lippen fast ununterbrochen mit Wasser, hilflos, ratlos und von einer fast unbeherrschbaren Wut erfüllt. Es fiel mir schwer, die Pflegerinnen nicht anzufahren, die den Tropf neu einstellten, den Monitor begafften und hilflos vor sich hinmurmelten „Die Werte sind stabil…", was wahrhaftig kein Trost war, wenn man dasaß und einem geliebten Menschen beim Sterben zusah. Der Anblick meiner Mutter inmitten der Schläuche, Armaturen und Geräte, die sie notdürftig am Leben hielten, fraß sich in mein Gedächtnis und verfolgte mich selbst in der Zeit, in der ich nach Haus taumelte, um ein paar Stunden zu schlafen. Ein unbekannter Virus… Warum? Woher? Wie hatte meine Mutter sich angesteckt? Bei wem denn?

Besser wurde es auch nicht durch Frau Professor Ursula Schramm, die fast jeden Tag in der Klinik vorbeischaute und immer wieder versuchte, mich irgendwo unter vier Augen zu sprechen. Ich gab ihr diese Gelegenheit möglichst selten, aber wenn sie mich erwischte auf dem Gang oder im Eingangsbereich, dann schob sie mich – misstrauisch um sich blickend – in eine ruhige Ecke, umklammerte meinen Unterarm mit einem heftigen Griff und zischte: „Tessa, du musst vorsichtig sein, vor allem mit dieser Alba. Tessa, ich kenne diese Krankheit, ich habe darüber gelesen."

Genervt zerrte ich meinen Arm aus ihrem klauenartigen Griff. „Internet-Diagnosen helfen uns jetzt auch nicht weiter, Ursel. Und lass Insa aus dem Spiel. Sie ist meine Freundin."

„Hast du mein Buch gelesen?" fragte die Historikerin mit weit aufgerissenen Augen. „Du musst es lesen. Lies es. Dann weißt du, was ich meine. Du bist in Gefahr, Tessa. Wenn ich recht habe, dann sind wir alle in Gefahr..."

„Ich habe dein Buch *nicht* gelesen", gab ich gereizt zurück. „Mir ist im Moment auch nicht danach, historische Bücher zu lesen. Vielleicht werde ich es auch nie lesen. Ich muss jetzt zu Mama. Können wir irgendwann anders weiterreden?"

Entschlossen wandte ich mich ab, ging auf die Quarantäne-Station zu, legte die gewohnte sterile Kleidung an, den Mundschutz, die Handschuhe und klingelte. „Bitte warten Sie kurz", klang es über die Gegensprechanlage.

Kurz. Das sagten sie immer.

Und es war immer gelogen.

Ich setzte mich auf die abgenutzte Wartebank und verschränkte die Arme vor der Brust. Wenn man irgendwo auf der Welt das Warten lernte, dann in einem Krankenhaus. Hier wartete man auf die Visite, auf die Medikamente, auf die nächste Mahlzeit und die nächste Untersuchung, auf die Entlassung, auf die Operation, auf die Diagnose, auf die Heilung, auf den Tod oder einfach darauf, dass sich die Tür zur Quarantäne-Station endlich öffnete.

Wenige Tage bevor sie starb, begann meine Mutter noch einmal zu sprechen. Sie sah mich an und versuchte sogar zu lächeln.

„Tessa, ich mache mir solche Sorgen!" Ihre Stimme war ein Flüstern.

„Das musst du nicht. Sie haben noch keine vernünftige Diagnose. Deshalb können sie noch nicht mit der Behandlung beginnen. Aber sobald sie mehr wissen, werden sie dir helfen können. Ganz bestimmt."

„Nein, Tessa. Nicht ich… nicht ich… Du … meine Kleine…solche Sorgen um dich. … Gefahr."

„So ein Quatsch, höre auf damit. Ich bin groß, ich komme klar. Außerdem passt Insa auf mich auf."

Das Gesicht meiner Mutter verzerrte sich. „Nicht die Albu, nein. Sei vorsichtig… Bitte…Wasser…"

Ich gab ihr behutsam etwas zu trinken. In mir kochte eine neue Wut, diesmal hatte sie eine klare Zielscheibe: wie konnte diese verrückte Professorin es wagen, meine im Sterben liegende Mutter mit ihren Verschwörungstheorien zu belasten und sie in eine solche Unruhe zu stürzen? Das Wasser lief ihr aus dem Mundwinkel wieder heraus. Ich wische es mit einem Handtuch weg.

„Deine Ursel hat einen Knall. Sie hat sich da in etwas verstrickt. Das ist bei solchen Forschern manchmal so. Irgendwann sind sie so verliebt in ihre Ergebnisse, dass der klare Verstand leidet."

Mühsam zeigte die Erschöpfte auf ein Taschenbuch, das auf der Ablage neben ihrem Bett liegt.

„Nimm!", flüsterte sie. „Lies es."

Ich nahm es zur Hand. Mein Blick flog über den Titel. *„Mystik trifft Statistik, Band II. Legenden- und Sagenbildung im Spiegel ungeklärter Kriminalfälle am Beispiel Mittelrumäniens von Professor Dr. Ursula Schramm".* Welcher Verlag gab sich nur dazu her, derartigen Unsinn zu drucken?

Innerlich seufzte ich. Aber ich wollte meine geplagte Mama nicht noch mehr beunruhigen.

„Ich lese es. Versprochen."

Beruhigt nickte sie und schloss die Augen. Nach einer Weile murmelte sie: „Es tut mir leid, mit deinem Papa. Du hast so gelitten. Mein armes Kind... wenn es ein Grab gegeben hätte. Du hättest es bepflanzt. Du und die Blumen. Das wäre gut gewesen. Sie fanden ihn nicht...Der Graben war zu tief... zu tief...ewiges Eis..."

Ich hatte einen dicken Kloß im Hals, als ich endlich in die Wartezone kam, wo Insa auf mich wartete. Sie sah meine Tränen und nahm mich in den Arm. Dann fiel ihr das Buch auf, das ich in der Hand hielt.

„Was ist das?", fragte sie und griff danach, las den Titel und verzog das Gesicht.

„Von Ursel. Ich soll es lesen."

Insa ließ es kopfschüttelnd in ihre Handtasche gleiten.

„Ich glaube, wir haben jetzt andere Sorgen, als uns mit den haarsträubenden Theorien einer fanatischen alten Schachtel auseinander zu setzen. Komm, Tessa, gehen wir zu dir. Ich denke, ich lasse dich jetzt erst einmal nicht allein."

Das war Insa. Eine wahre Freundin.

Türchen Nr. 5

Ein Gespräch im Nieselregen
Hannover, November 2014

Der Tag, an dem meine Mutter beerdigt wurde, war ein düsterer, feuchter Mittwoch im November.

Nebelschwaden wehten um die Grabsteine auf dem städtischen Friedhof. Die Stimme des Pastors klang wie aus einer anderen Welt. Die Menschenmenge, die es für nötig hielt, Blumen oder Sand in die geöffnete Grabstelle zu werfen und im Vorbeigehen mitfühlend meine Hand zu drücken, war beeindruckend. Das Kollegium, die Schülerinnen und Schüler. Offensichtlich war meine Mutter eine beliebte Musiklehrerin gewesen, eine Seite an ihr, die mir nie wirklich bewusst gewesen war. Vielleicht hatte ich meine Mutter nicht wirklich gekannt. Das Glockengeläut, die Worte der Menschen, der Sand, der auf den Buchensarg fällt, alles wirkte gedämpft wie durch eine Wolke. Was hatte ich mit dieser Inszenierung hier zu tun?

Zum Glück schien Insa zu wissen, was angemessen war und den Regeln entsprach. Sie lud alle anwesenden Trauergäste auf ein Stück Kuchen ins Café ein. Der Besitzer war offensichtlich vorbereitet, die Tische waren festlich gedeckt und mit rotweißen Nelken geschmückt. Es gab bitteren Kaffee und Zuckerkuchen. Offensichtlich kannte meine Freundin sich mit Beerdigungen aus.

Mit unendlicher Erleichterung ging ich schließlich nach

Hause, in mein eigenes Zuhause. Es gehörte nun mir, das kleine, etwas schäbige Haus, das meine Urgroßeltern kurz vor Ausbruch des zweiten Weltkrieges gebaut hatten, und der wunderschöne Garten mit den alten von Efeu umrankten Bäumen, den wild wuchernden Stauden und Büschen. Für diesen Garten allein wünschte ich mir so sehr, das Haus halten, es finanzieren zu können mit meinem kleinen Studentenkredit, auf den ich Anspruch hatte. Zum Glück zog Insa erst einmal zu mir, wir teilten uns die Nebenkosten, die Sorge um das Eigentum und den Schmerz. Ich war nicht allein.

„Wir müssen die Sachen von meiner Mutter noch sortieren", stellte ich müde fest und starrte aus dem Fenster. Draußen hatte es zu dämmern begonnen. Ein heftiger Wind zerrte das letzte Laub von den Ästen.

„Sogar von meinem Vater sind noch Sachen in den Schränken, und was auf dem Dachboden ist – keine Ahnung. Puh. Ich war seit bestimmt zehn Jahren nicht mehr dort oben. Ich finde den Dachboden gruselig. Früher dachte ich, mein Spielzeug wird dort oben wieder lebendig und führt ein heimliches Eigenleben. Manchmal habe ich meine Puppen dort oben tanzen gehört."

Ja, der Dachboden, der war ein Fluch in diesem sonst so vertrauten Elternhaus, zumindest für mich. Am liebsten hätte ich ihn einfach nie wieder betreten. Möglicherweise konnte man ihn zumauern und vergessen?

„Vielleicht tanzen dort aber gar nicht meine Puppen", überlegte ich laut, während ich mich auf das Sofa warf und sinnlos an die Zimmerdecke starrte. „Vielleicht sind es die ruhelosen Geister der armen jüdischen Nachbarn, die meine Urgroßeltern angeblich hier vor den Nazis versteckt hielten. Aber wer weiß, ob an dieser Geschichte etwas dran ist. Vielleicht hatten sie nicht einmal jüdische Nachbarn."

„Eins nach dem anderem", entgegnete Insa beruhigend. „Der Dachboden steht jetzt wirklich nicht ganz oben auf der Liste. Niemand jagt uns. Ich werde erst einmal etwas kochen. Ruhe dich aus."

Kaum war Insa in der Küche verschwunden, als das Telefon klingelte. Seufzend nahm ich den Hörer in die Hand.

„Hallo?"

„Hör mir gut zu, Tessa. Geh in den Garten. Sage, dass du die Gartenmöbel in die Scheune bringst. Ich stehe hinter der Scheune. Ich warte auf dich."

Ursel.

Genau, was mir gefehlt hatte.

Ich verdrehte die Augen. Bei der Beerdigung hatte sie kein Wort mit mir gewechselt und nun das. Was war das für ein albernes Versteckspiel? Was war nur in diese Frau gefahren?

Ich konnte ihr nichts erwidern. Sie hatte bereits aufgelegt. Am liebsten wollte ich den Auftrag ignorieren, aber die Vorstellung von einer verwirrten alten Frau, die hinter dem Schuppen stand und auf mich wartete, fühlte sich beunruhigend an. Also rief ich in Richtung Küche: „Ich bringe die Gartenmöbel in die Scheune."

Draußen war es kühl. Ein feiner Nieselregen sprühte in

mein Gesicht. Ich verschränkte die Arme vor der Brust, zog die Schultern hoch und eilte zum Schuppen.

Dort stand sie.

Der Wind zerzauste ihre kurzen grauen Haare, ihre Augen waren weit geöffnet, als hätte sie etwas Furchterregendes gesehen. Sie erinnerte mich immer mehr an den verrückten Dr. Brown aus dem Film *Zurück in die Zukunft.*

„Ursel, hör mal, was soll denn das?" Ich wischte mir die feuchten Locken aus der Stirn.

„Bringe die Möbel in den Schuppen. Verhalte dich unauffällig. Sie wird dich beobachten."

Ich schnaufte leise, machte es aber dann so, wie sie es sagte. Bei dem feuchten Wetter waren die Möbel im Schuppen sowieso besser aufgehoben. Während ich Stuhl für Stuhl herantrug und langsam nasser und nasser wurde, sprach sie angestrengt und eilig auf mich ein, ohne einen Schritt hinter dem Schuppen hervorzukommen. Sie blieb in Deckung hinter der geöffnete Schuppentür auf jener Seite, die vom Haus aus nicht einsehbar war.

„Tessa, glaube mir, es ist gut, wenn alle denken, wir hätten den Kontakt zueinander abgebrochen. Es ist sicherer für uns beide. Offiziell gehe ich für eine längere Zeit ins Ausland."

Ich seufzte, während ich die Stühle ineinander stapelte und sprach mit ihr durch die Holzwand des Schuppens.

„Warum glaubst du nur, von Insa ginge eine Gefahr aus? Sie ist meine beste Freundin."

„Ich habe sichere Hinweise: Sie gehört zu dieser mysteriösen Familie Albu."

„Dann hat sie eben eine schreckliche Familie. Das kommt vor. Sie hat sich von ihr getrennt."

„Ja, das hat sie offensichtlich. Aber wie? Hast du mein Buch gelesen?"

„Ich habe ehrlich gesagt in letzter Zeit andere Sorgen gehabt." Genervt verließ ich den Schuppen, um den nächsten Stuhl zu holen. Inzwischen war es fast dunkel. Ursel schaute vorsichtig hinter dem Schuppen hervor. Ihr Gesicht war von Sorge ganz verzerrt. Sie schob mir eine kleine Karte entgegen.

„Ich kann dich jetzt nicht überzeugen. Lies das Buch. Bitte, Tessa. Wenn du mich brauchst, wenn du Hilfe brauchst, dann rufe mich an. Hier hast du meine Handy-Nummer. Aber um Himmels Willen, rufe mich niemals von *deinem* Handy aus an. Nimm einen neutralen Anschluss. Ich kümmere mich um einen Ausweg. Und ich kümmere mich um die nötigen Beweise. Aber dazu brauche ich etwas Zeit. Nimm also bitte nur im Notfall mit mir Kontakt auf."

Ich nahm die Karte, schob sie nachlässig in meine Hosentasche und klappte den Gartentisch zusammen, stellte ihn neben die Stühle. Mit einem Schwung warf ich die Schuppentür zu und ließ das Vorhängeschloss einschnappen.

„Ach, Ursel, du solltest wirklich einen langen erholsamen Urlaub machen und Abstand zu all dem Vampir- und Dämonenzeug gewinnen. Du machst auf mich einen ziemlich angespannten Eindruck. Wie bist du überhaupt in meinen Garten gekommen?"

„Es ist ein Loch im Zaun. Denke, was du willst, mein Kind, aber sei wachsam. Sie wird versuchen, dich zu isolieren, lass das nicht zu. Pass auf dich auf."

Im nächsten Moment war die zierliche kleine Gestalt der alten Frau im Dickicht verschwunden. Offensichtlich kroch sie zurück durch das Loch im Zaun, durch das sie zuvor gekommen war. Ich atmete erleichtert auf. Vielleicht verschwand sie ja jetzt aus meinem Leben mit all ihren düsteren Andeutungen, absurden Mordfantasien und Verschwörungstheorien.

Es schüttelte mich. Mir war kalt. Die Nässe kroch mir langsam durch die Kleidung bis auf die Haut. Als ich mich dem Haus zuwandte, sah ich die Gestalt meiner Freundin am Fenster, ihre schmale, dunkle Silhouette zeichnete sich deutlich vor der hell erleuchteten Küche ab. Sie stand dort reglos und abwartend.
Sie beobachtete mich.

Türchen Nr. 6

Das Mädchen auf dem Friedhof
Hannover und Umgebung, 2014/2015

Ursel hatte recht: Insa isolierte mich, und ich ließ mich isolieren, fiel in die schützende Isolation wie in eine tiefe Höhle, die alles fernhielt, was mir mehr abverlangte als das pure Dasein. Ich ging nicht mehr zu Vorlesungen, besuchte keine Seminare mehr, selbst den alltäglichen Einkauf überließ ich Insa, zumindest an den Tagen, an denen die Fibromyalgie sie nicht zu sehr quälte. Wenn die Schmerzen sie überfielen, kochte ich Hühnersuppe, machte kalte Wickel und holte Rezepte für Amytriptylin von ihrem Arzt ab. Ansonsten zog ich mich vollkommen zurück. Ich kümmerte mich nicht um die Sachen meiner Mutter, um die Aktenberge im Keller oder die Überbleibsel aus dem Besitz meines Vaters. Den Dachboden ignorierte ich, und er ignorierte mich, wofür ich dankbar war. Was auch immer dort sein Unwesen getrieben hatte -, offensichtlich war es verschwunden, seitdem ich die Herrin dieses Hauses geworden war.

Nur dem Garten widmete ich mich voller Inbrunst, holte Dahlien aus dem Boden und lagerte sie für die Überwinterung trocken ein, bedeckte die Rosen mit Fichtenzweigen, beschnitt Büsche und Bäume behutsam, denn mein Vater hatte die Wildheit seines Gartens, das Urwüchsige, Ungezähmte geliebt. Die Beete machte ich winterfest. Dort wollte ich im

36

Frühjahr all die Blumen setzen, ziehen, hegen und pflegen, die meine Mutter so geliebt hatte.

Im Winter selbst, der dem arbeitsreichen Herbst unausweichlich folgt, gab es nicht viel zu tun im Garten. Selbst Bücher und Filme, Serien und Hörspiele wurden irgendwann langweilig. Ich lag auf dem Sofa und starrte an die Decke, hörte zu, wie Insa sich an dem Klavier meiner Mutter versuchte. Das Kuckucks-Lied bekam sie schon ganz gut hin.

Nach diesem öden Winter hatte ich die schweigsame Zweisamkeit satt und machte mich wieder auf den Weg ins Leben. Aber das war nicht einfach. Es fühlte sich an, als hätte die Welt mich abgeschrieben. Sobald ich versuchte, neue Freundschaften zu finden, endeten sie nach den ersten Bemühungen kläglich im Nichts, als wäre ich durch mein Unglück verflucht.

Ein echter Lichtblick jedoch war Celines Geburtstag. Bis drei Uhr morgens saßen wir in der kleinen Studentenbude um einen winzigen Ikea-Tisch und spielen zu fünft Doppelkopf. Begeistert nahmen die vier Mädels mich in ihrer Doppelkopf-Runde auf. Celine versprach, mich zum nächsten Treffen, das in den Semesterferien stattfinden sollte, per Mail einzuladen. Ganz beschwingt ging ich nach Hause und erzählte Insa, die zu dieser späten Stunde noch mit Schlafanzug und Bademantel missmutig am Klavier saß, in der gleichen Nacht davon.

„Ach, Tessa", regte meine Freundin sich auf und schlug mit einem gehörigen Knall den Deckel auf die Tasten des Klaviers. „Du bist immer so furchtbar naiv. Nach einer durchfeierten Nacht macht man solche Versprechen. Aber sie sind zu viert, oder? Doppelkopf spielt man zu viert. Sie werden sich nie wieder melden. Das ist dir doch wohl klar."

Leider behielt Insa Recht. Die ganzen Semesterferien über wartete ich auf eine Nachricht, aber nichts kam. Als ich nach den Ferien wieder den Hörsaal betrat, lächelte Celine mich aus einer der vorderen Reihen nur verlegen an, winkte kurz, schob sich unentschlossen einige ihrer rotblonden Locken aus der Stirn, nickte mir noch einmal halbherzig zu und wandte sich ab.

Im Frühjahr konnte ich mich wenigstens wieder dem Garten widmen, kürzte die Gräser, pflanzte die schönsten Frühlingsblumen, kümmerte mich intensiv um die Sommerstauden, setzte mich mit Garten- und Pflanzenbüchern auf eine Bank, beschäftigte mich mit Düngersorten und Pflanztechniken, denn ich wollte, dass dieser Garten in den Sommermonaten vor Farben und Blüten überquoll. Einige Frühlingsblumen trug ich zum Grab meiner Mutter. Sie hatte Recht, es tat gut, sich um eine Grabstelle kümmern zu können. Diese Erkenntnis brachte mich plötzlich auf eine Idee, die mich nicht mehr losließ, die ich aber für mich behielt. In mir entwickelte sich ein Plan, aber von dem musste Insa nichts wissen.

Eines Morgens, als meine eifrige Mitbewohnerin schon in der Uni war, machte ich mich mit einer kleinen Blumenschale voller blauer Vergissmeinnicht und weißen Tausendschönchen auf den Weg. Eine Zugfahrt und ein Überlandbus brachten mich schließlich ans

Ziel. Es war ein winziges Dorf, in dem ich noch nie zuvor gewesen war. Ich kannte es nur aus Robins Erzählungen. Der Friedhof war leicht zu finden. Ich ging an der kleinen Kirche vorbei und suchte die Gänge der Grabstellen nach seinem Namen ab. Plötzlich sah ich ein noch aufgeschüttetes Grab am Ende des Weges und wusste, dass dies das gesuchte war. Ich bekam weiche Knie, nicht nur weil Erinnerungen und Trauer mich überwältigen, sondern vor allem, weil vor der Grabstelle ein anderes Mädchen hockte und Unkraut zupfte. Es durchfuhr mich ein scharfer Schmerz. Er hatte also hier ein anderes Mädchen gehabt!

Ich wollte geradewegs vorbeigehen und unerkannt verschwinden, als das Mädchen den Kopf hob und in meine Richtung blickte. Da erkannte ich meinen Irrtum. Die runden, nougatbraunen Augen waren unverkennbar. Es musste Robins jüngere Schwester sein

Ich trat näher und reichte ihr meine Hand.

„Mandy?"

Sie blickte verwirrt zurück und erhob sich, schüttelte meine Hand. „Und du bist...?"

„Tessa. Robin und ich haben zusammen studiert. Er hat viel von dir erzählt." Ich stellte die Schale auf eine Steinfliese, betrachtete schweigend den eingravierten Namenszug und seufzte. Dann wandte ich mich wieder dem jungen Mädchen zu.

Sie sah mich bestürzt an. „Du bist Tessa. Oje. Es ist..."

„Es tut mir so leid", sagte ich rasch, weil ich bisher keinerlei Beileid bekundet hatte.

Sie schüttelte den Kopf. In ihrem jugendlichen Gesicht

wechselten Entschlossenheit, Verwirrung und Bestürzung einander ab. Schließlich stieß sie etwas atemlos hervor: „Tessa, ich muss mit dir reden. Hast du Zeit?"

Ich nickte.

Kurz darauf öffneten wir die Tür zu einer winzigen Dorfkneipe, der einzigen, die es hier offensichtlich gab. Es war drei Uhr nachmittags. An der Theke hockten einige alte Männer, tranken Bier und Schnaps, rauchten und murmelten vor sich hin. Gelegentlich lachten sie auf, weil die Wirtin einen Scherz gemacht hatte.

Auch wir bestellten uns Bier, wohl in der Hoffnung, diese Begegnung mit etwas Alkohol leichter zu verdauen. Wir setzten uns an einen kleinen Tisch am Fenster.

Mandy trank einen tiefen Schluck, setzte das Glas ab, wischte sich den Schaum vom Mund und strich gedankenverloren über den Rand des Bierdeckels. „Er hat mir von dir erzählen. Ich glaube, er war sehr in dich verliebt. Er klang glücklich, wenn er von dir sprach. Ich war anfangs enttäuscht, weil du nicht zur Beerdigung gekommen bist."

„Ich habe mich nicht getraut. Ich hätte seine Familie gerne anders kennengelernt. Was machte es für einen Sinn zu kommen…" Ich suchte nach Entschuldigungen, wusste aber selber nicht mehr, was die Beweggründe gewesen waren. Wahrscheinlich Feigheit.

„Ich hätte dir gerne damals schon etwas gezeigt.", fuhr Mandy. „Robins Tod war für mich einfach ein Rätsel. Ein furchtbares Rätsel. Er war so ein sicherer Fahrer. Es war Nieselregen, kein starker Niederschlag. Es war eine gerade Fahrbahn, kein anderes Auto, kein Zeuge, keine Hinweise auf irgendetwas. Trotzdem kommt er ins Schleudern und stirbt. Es war merkwürdig, vor allem vor dem Hintergrund, dass er mir kurz vorher am Telefon gesagt hat, jemand wäre an seinem Motorrad gewesen."

„An seinem Motorrad?" Ich starrte sie an.

Sie seufzte und schüttelte wieder den Kopf. Ihre schulterlangen dunkelblonden Haare waren glatt und gaben ihr ein kindliches und hilfloses Aussehen. Die Traurigkeit in ihren braunen Augen rührte mich. Ich spürte den Wunsch, sie tröstend in den Arm zu nehmen, aber das stand mir nicht zu.

„Er nahm das leicht.", erläuterte sie nach einer kleinen Pause. „Er meinte, es wären wahrscheinlich neugierige Nachbarskinder gewesen. Er hat alles überprüft. Es funktionierte alles. Trotzdem musste ich daran denken, als ich von seinem Unfall hörte… Und dann, dann fand ich das hier in einem seiner Bücher. Ich habe niemandem davon erzählt. Ich wollte meine Eltern nicht beunruhigen. Für sie ist das alles schwer genug."

Sie zog einen zusammengefalteten Zettel aus ihrem Jeans-Rucksack und reichte ihn mir.

„Tessa, kannst du mir das erklären?"

Ich faltete das Papier auseinander und sah kleine nebeneinander geklebte Buchstaben, die offensichtlich aus einer Zeitung ausgeschnitten worden waren.

Zusammen ergaben sie zwei Sätze.

Dort stand: *Lass die Finger von Tessa. Sonst bist du tot.*

Türchen Nr. 7

Die Nachfahren des Grafen Vlad Dracula
Hannover, Mai 2015

Ich brauchte Antworten. Als ich nach Hause kam, saß Insa an dem großen Schreibtisch meiner Mutter zwischen Bücherbergen und tippte eifrig in meinen Laptop, weil sie keinen eigenen hatte. Sie arbeitete an einer wichtigen Hausarbeit über Reformbewegungen innerhalb des Franziskaner-Ordens im 14. Jahrhundert. Ich verspürte wenig Ehrfurcht vor ihrem Interesse an den Glaubensgrundsätzen längst verstorbener alter Männer. Der Drohbrief, den Mandy mir mitgegeben hatte, brannte in meiner Tasche.

Hatte sie ihn geschrieben?

Wer konnte mir diese Frage beantworten?

„Du bist spät dran. Wo warst du?", fragte meine Freundin.

„Bin ein bisschen in der Gegend herumgefahren", antwortete ich unbestimmt und zuckte mit den Schultern

„Aha." Insa guckte mich scharf an und nickte. Sie stellte keine weiteren Fragen.

Ich dachte an Mandy, an das rührende Zutrauen, das die Kleine mir entgegengebracht hatte, obwohl wir uns kaum kannten. „Können wir in Kontakt bleiben?", hatte sie zum Abschied mit großen Augen gefragt. „Ich mache im nächsten Jahr mein Abitur, dann will ich in

42

Hannover Germanistik studieren. Es wäre so schön, jemanden zu kennen." Sie erinnerte mich an die jüngere Schwester, die ich mir immer gewünscht hatte. Sie war wie ein kleines Stück von Robin, das mir vielleicht blieb.

Aber Insa konnte und wollte ich nichts davon erzählen, der Drohbrief in meiner Tasche stand zwischen uns. Ich ging in mein Zimmer und setzte mich auf mein Bett, zog den Brief hervor und las die ungleichmäßigen aufgeklebten Buchstaben wieder und wieder und wieder. Ich brauchte Antworten.

Da fiel mir das Buch von der alten Professorin ein, das ich unbedingt hatte lesen sollen. Schon im Winter, als die Langeweile auf mich herabgesunken war, hatte ich mich an den letzten Wunsch meiner Mutter erinnert und Insa gefragt, wo denn das Buch abgeblieben sei, das meine Mutter mir im Krankenhaus gegeben hätte. Insas Suche war erfolglos geblieben, ebenso wie ihr Plan, mir ein neues zu besorgen. „Es ist vergriffen", hatte sie mir erklärt. „Wir müssen auf die nächste Auflage warten, aber ich habe es vorbestellt. Sie rufen uns an." Danach hatte ich die ganze Angelegenheit wieder aus den Augen verloren. Inzwischen musste es ja wohl eine Folgeauflage geben, wenn mysteriöse Vorkommnisse in Mittelrumänien ein so begehrtes Thema waren.

Am nächsten Morgen machte ich mich auf den Weg zur Buchhandlung. Es war ein frühsommerlicher Tag. Zum ersten Mal ging ich ohne Jacke aus dem Haus. Die Kastanienbäume blühten im Garten, vor dem Hauseingang leuchtete der Ginster. An diesem hellen

Tag kamen mir meine düsteren Verdächtigungen plötzlich lächerlich vor.

Die Buchhändlerin war sehr hilfsbereit, schaute in ihren Rechner, weil der Titel ihr nicht bekannt vorkam und holte mir sofort ein Exemplar aus dem Regal.

„Dann gibt es also doch schon eine neue Auflage", stellte ich erleichtert fest, während ich es bezahlte.

„Aber nein!" Die Verkäuferin lachte kurz auf. „So spezielle wissenschaftliche Themen haben keinen großen Käuferkreis. Es ist die erste Auflage. Wir haben bisher – ehrlich gesagt - noch kein Exemplar verkauft. Dies ist das erste."

Etwas verwirrt steckte ich das Buch in meine Handtasche, wandte mich gedankenverloren wieder dem Ausgang zu und stieß mit einer schlanken Gestalt zusammen.

„Tessa", hörte ich eine Stimme, die ich im ersten Augenblick gar nicht einordnen kann. Eilig tauchte ich aus meiner Versunkenheit auf und erkannte das sommersprossige Gesicht unter den flammendroten Haaren. „Celine!"

Sie schob mich ein Stück zur Seite, damit wir nicht den Ausgang versperren. „Schön, dich zu sehen, geht es dir inzwischen etwas besser?"

„Ja, schon", antwortete ich zögernd, weil ihre Frage mir merkwürdig vorkam. Wir schwiegen, dann rutschte mir heraus: "Ich war etwas enttäuscht, weil es mit dem Doppelkopf nicht geklappt hat. Ich hatte mich darauf gefreut."

„Oh ja", bestätigte Celine zu meiner Überraschung eifrig. „Wir waren auch enttäuscht. Weißt du, zu fünft ist es einfach entspannter. Man ist flexibler. Vielleicht überlegst du es dir noch mal."

„Aber warum habt ihr euch dann nicht gemeldet? Du wolltest mir doch schreiben, wann und wo die nächste Runde ist. In den Semesterferien, erinnerst du dich?"

Celines Lächeln verrutschte. Ihr verwirrter Gesichtsausdruck schien meinen zu spiegeln.

„Aber Tessa, ich *habe* dir geschrieben. Du hast zurückgeschrieben, dass du dich an dem Abend übernommen hast, wegen der Todesfälle. Wir sollten dich erst einmal in Ruhe lassen. Du wolltest dich melden, wenn du so weit bist. Aber dann kam nichts mehr…"

„Ich habe euch geschrieben?" Ich zog die Augenbrauen hoch und starrte sie an.

Celine runzelte die Stirn. „Ja, na klar. Per Mail. Hast du Gedächtnislücken oder so? Ich kann dir die Mail zeigen, wenn du willst."

„Nein, nein, schon gut." Plötzlich hatte ich das Gefühl, auf sehr wackeligem Boden zu stehen. „Ich muss weg, Celine, sorry, ich melde mich. Vielleicht… Ich muss jetzt erst einmal ein Buch lesen."

„Alles klar", murmelte Celine verwirrt.

Wahrscheinlich kam sie gerade zu dem Schluss, dass ich vollständig den Verstand verloren hatte.

Ich setzte mich auf die erste Parkbank, die ich fand, und holte das Buch hervor.

„Mystik trifft Statistik, Band II. Legenden- und Sagenbildung im Spiegel ungeklärter Kriminalfälle am Beispiel Mittelrumäniens von Professor Dr. Ursula

45

Schramm"

Wie um alles in der Welt konnte man auf die Idee kommen, über so etwas dicke Bücher zu verfassen?

Ursels Recherche begann im 15. Jahrhundert sogleich mit einer verblüffenden Information. Offensichtlich hatte es ihn wirklich gegeben: den Grafen Vlad Dracula, einen rettungslosen Sadisten, der eine Blutspur hinter sich herzog, seine Frau stürzte sich vom obersten Turmfenster. Jahre später öffnete man seinen Sarg: er war leer. Der Sarg seiner Frau barg ein verstümmeltes Skelett mit Biss-Spuren. Der Vampir war geboren. Zumindest in der Fantasie der Menschen.

Ich musste schmunzeln, mit welcher Sorgfalt und Hingabe die Professorin sich den zahlreichen Nachkommen widmete und überflog die Einzelheiten. Ständig tauchten leere Särge auf oder solche, die offensichtlich mehrmals immer wieder geöffnet und erneut verschlossen worden waren. Stattlichen Haufen abgenagter Leichenteile in einem zugemauerten Kellerabschnitt. Schädel, Knochen, verweste menschliche Überreste mit menschlichen Biss-Spuren.

Ich blätterte etwas genervt schnaufend durch die blutigen Jahrhunderte. Nächtlichen Aktivitäten in abgelegenen Anwesen... Tote, die unversehens wieder als Lebende erschienen... Die Legende von einem Brunnen des Lebens, dessen Wasser von allen Krankheiten heilte, ja sogar die Toten zurückholen konnte...

Offensichtlich teilte sich die Nachkommenschaft des historischen Grafen Dracula in den jüngeren Jahrhunderten in zwei Lager. Die einen waren stolz auf ihren Ahnherren, schlugen touristisch Profit daraus, boten Grusel-Besichtigungen und Vampir-Partys für Reisende an. Die anderen versuchten emsig, ihre Herkunft durch häufige Umzüge und Namenswechsel zu vertuschen. Viele von ihnen versuchten sich als Wissenschaftler und Ärzte oder – ziemlich häufig - als Gerichtsmediziner, wodurch die Nähe zu Leichen vorprogrammiert war.

Die vielen Statistiken, Zahlen, Querverweise und Quellenangaben machten das Lesen mühsam. Ich fühlte mich an all die Gründe erinnert, aufgrund derer mein Geschichtsstudium brach lag. In diesem Augenblick beschloss ich, es niemals fortzuführen.

Dann im Jahr 1780: Ein Arzt versetzt einem toten Frosch einen Stromstoß. Der tote Frosch zuckt! Sofort begann ein Forschungs-Wettkampf. Jeder wollte als Erster Tote zum Leben erwecken. Passend dazu schrieb die neunzehnjährige Mary Shelley einen Roman, der die Menschen über Jahrhunderte hinweg faszinierte. Der Romanfigur Dr. Frankenstein gelang das, was die Wissenschaftler im echten Leben vergeblich versuchten: Er schuf aus Leichenteilen ein lebendiges Monster.

In Rumänien hatten die Nachkommen des Grafen Vlad Dracula ebenfalls einen ziemlichen Verbrauch an frischen Leichen vorzuweisen. In dieser Zeit schienen tote Körper zu Forschungszwecken zu allem benutzt und misshandelt worden zu sein, immer mit dem ehrenvollen Ziel, Menschen vor dem Tod zu retten. Letztendlich konnte dieser wissenschaftliche Abgrund sogar Erfolge melden. Schließlich wurden ja heute noch Menschen mit Herzstillstand durch Stromstöße wiederbelebt.

Ich seufzte. Keine Antworten. Dr. Schramm hatte es ja selber in den Raum gestellt. Ihre Forschungen warfen Fragen auf, mehr nicht.

Lustlos übersprang ich einige Jahrhunderte und stieß in die Postmoderne vor. Rumänien hatte Revolutionen und Weltkriege, Faschismus und Kommunismus hinter sich gelassen, aber offensichtlich trieb die vermeintliche Vampir-Familie weiterhin ihr Unwesen. Endlich stieß ich auf den Namen „Albu", nämlich den Gerichtsmediziner Adrian Albu. Er hatte zwei erwachsene Töchter und einen kleinen Nachkömmling, bei dessen Geburt die Mutter verstarb. Ein tragisches Schicksal! Er verlor seine Stellung, weil sein Umgang mit den Leichen – wie es in den Akten stand – *„nicht dem geforderten Respekt vor den verstorbenen Menschen entspricht"*. Was immer das heißen mochte! Ich hatte bereits genug Material für Alpträume angesammelt und sparte mir die Details, folgte dem Leidensweg des unglücklichen Mannes: Erst starben die beiden erwachsenen Töchter, dann auch noch das spät geborene Nesthäkchen im zarten Alter von vierzehn Jahren. Welche Tragödie! Professor Dr. Schramm hatte sogar ein Foto von den Gräbern in ihrem Taschenbuch abdrucken lassen, das sonst sehr spärlich bebildert war. Nebeneinander standen die verwitterten Grabsteine mit den eingemeißelten Namen: Gabriele Albu, Oana Albu und die kleine Ira Albu. Damit starb die Familie aus.

Ende.

Das war es also. Und wo war jetzt die Verbindung zu meiner Freundin Insa?

Auf den letzten Seiten folgten zahlreiche Danksagungen, Quellenverzeichnisse, Bildnachweise. Dann plötzlich noch ein kleiner Nachtrag, in dem die Historikerin von ihrem streng wissenschaftlichen Schreibstil in einen erzählenden verfiel. Ich begann zu lesen:

„Kurz vor Beendigung meines Buches kam ich auf die Idee, Adrian Albu ausfindig zu machen, um ihn persönlich zu seiner mysteriösen Familiengeschichte zu interviewen. Was würde spannender sein als die Aussagen des letzten lebenden Nachfahren vom Grafen Vlad Dracula? Allerdings hatte ich Pech. Nach dem Ableben der drei Töchter war er gemeinsam mit seiner Schwester nach Südamerika ausgewandert, um Forschungen an den dort noch ansässigen Ureinwohnern zu betreiben, was grundsätzlich für einen Gerichtsmediziner nicht gerade naheliegend ist und einige Fragen aufwirft, die ich hier nicht beantworten kann.

Allerdings kehrte das Geschwisterpaar noch einmal nach Europa zurück, diesmal nicht nach Rumänien, sondern nach Deutschland, beide schwer erkrankt. Vom deutschen Gesundheitswesen erhofften sie sich offensichtlich eine bessere medizinische Versorgung und Heilungschancen, denn sie waren an einem unbekannten Virus erkrankt. Die Symptome erschienen anfangs wie ein harmloser Infekt, gingen aber bald mit Fieber, starken Schmerzen und einem rasanten Flüssigkeitsverlust einher. Das Geschwisterpaar verstarb innerhalb weniger Tage. Auch eine junge Frau, die das Geschwisterpaar bei sich aufgenommen hatte und die von Adrian Albu sogar adoptiert worden war, wurde kurzzeitig stationär aufgenommen, konnte allerdings nach zwei Tagen entlassen werden. Offensichtlich waren die Beschwerden, unter denen diese Tochter litt, nicht auf jenes geheimnisvolle Virus, sondern auf eine seltene chronische Erkrankung zurückzuführen, die ,Fibromyalgie' genannt wird. Das letzte Mysterium, das zurückbleibt, ist die irritierende Tatsache, dass die junge Frau noch vor dem Ableben ihres Vaters und dessen Schwester verschwand, ohne eine Spur zu hinterlassen."

Türchen Nr. 8

Das Ende einer Freundschaft
Hannover, Mai 2015

Wer war Insa Albu?

Wer war die Frau, mit der ich jetzt seit über einem Jahr befreundet war und seit dem Tod meiner Mutter zusammenwohnte? Wusste ich eigentlich ihr genaues Alter? Hatten wir je über ihre Kindheit geredet? Über ihre Eltern? Warum starb meine Mutter an derselben unbekannten Erkrankung wie dieser Adrian Albu und seine Schwester?

Ich tauchte aus den Geheimnissen Mittelrumäniens auf, fand mich auf einer Parkbank im sonnigen Hannover wieder. Die Kirchturmuhr zeigte mir, dass es inzwischen fast drei Uhr war. Mein Magen knurrte und mit einem plötzlichen Erschrecken fiel mir wieder ein, was Celine mir erzählt hatte,- und fast gleichzeitig kamen mir die Worte der Verkäuferin wieder in den Sinn. Das Buch war niemals vergriffen gewesen. Es war ein Ladenhüter.

Ich wusste nicht, wer Insa Albu war und ob sie wirklich etwas mit dem schrecklichen Sterben in meinem Umfeld zu tun hatte, aber es gab Tatsachen, denen ich mich stellen muss: Insa hatte gelogen, und sie hatte von meinem Laptop aus in meinem Namen Emails versendet und dadurch gezielt aufkommende Bekanntschaften oder Freundschaften unterbunden. Offensichtlich lag es doch nicht nur an meiner

51

schwierigen Persönlichkeit, wenn all meine Versuche mit anderen Menschen ins Leere liefen. Dieser Gedanke munterte mich für einen kurzen Augenblick auf. Dann stürzten wieder düstere Erkenntnisse auf mich ein: Insa hatte eindeutig versucht, dieses Buch vor mir zu verbergen. Das ließ nur einen Rückschluss zu: Sie *war* die junge Frau, die Adrian Albu adoptiert hatte, und sie hatte ganz offenbar ein Geheimnis zu hüten. Aber welches?

In den Büschen neben mir tanzten die Schmetterlinge, mir gegenüber blühten purpurne Cosmea und leuchtend gelber Sonnenhut, die Blumen nickten sommerlich mit ihren bunten Köpfen, aber in mir wurde es langsam kalt und dunkel. Ich musste nach Hause. Ich musste Insa zur Rede stellen. Aber vor allem musste ich sie dazu bringen, ihre Sachen zu packen und zu gehen. Nicht eine Nacht wollte ich mit diesem finsteren Mysterium, mit dieser Lügnerin und Betrügerin, mit dieser falschen und gemeinen „Freundin" unter einem Dach leben. Mein naives Vertrauen, meine Anhänglichkeit, diese Dummheit, mit der ich mein Leben bisher planlos und wirr durchlebt hatte, all das stand plötzlich ganz klar vor meinem geistigen Auge. Ich war blindlings in die Hände einer Verbrecherin geraten. Ihre Motive waren unklar, aber was auch immer hinter all dem steckte: es war auf jeden Fall höchste Zeit, endlich meinen eingerosteten Verstand einzuschalten und … - ja, und was?

Als ich die Haustür hinter mir zufallen ließ und meine Tasche in den grünen Ohrensessel im Flur warf, hörte ich durch die geschlossene Wohnzimmertür Insas

Stimme. Sie spielte Klavier und sang: *"Auf einem Baum ein Kuckuck – Simsalabimbambasaladusaladim – auf einem Baum ein Kuckuck...saß."*

Ich öffnete die Tür, ging zu ihr hin und legte stumm das Buch auf die Tastatur. Sie starrte es an. Langsam dreht sie ihr Gesicht zu mir um. Ihre grauen Augen waren schmal, ihr Blick prüfend.

„Und jetzt?"

„Pack deine Klamotten und geh!" Ich sagte genau den Satz, den ich mir vorher überlegt hatte, ich hatte ihn auf dem ganzen Weg hierher geübt. Ich wollte mich auf keine Diskussionen, auf keine Ausflüchte einlassen. Meine Kehle fühlte sich trocken an, meine Hände waren kalt, meine Knie zitterten. Ich bekam das Flattern in meinen Beinen nicht unter Kontrolle.

„Weil in diesem Buch eine Frau auftaucht, die an der gleichen Krankheit leidet wie ich?"

„Und weil sie deinen Nachnamen trägt, weil ihr Vater an derselben Krankheit gestorben ist wie meine Mutter."

„Du hältst mich also für eine Mörderin?"

Ich blieb stumm. Mir fielen Robins Motorradunfall und die anonyme Drohung ein, aber ich wollte Mandy nicht mit hineinziehen. Nein, bloß Mandy nicht mit hineinziehen!

Insa starrte wieder auf das Buch. „Deine liebe Ursel hat eine blühende Fantasie, Tessa. Ist dir gar nicht aufgefallen, wie seltsam hinten angefügt dieser kleine Roman von der geheimnisvollen Adoptivtochter ist? Findest du nicht? Wann genau hat die Frau Professorin eigentlich erfahren, dass ich diese Krankheit habe, wann ist das Buch gedruckt worden? Tessa, du glaubst immer gleich alles, was man dir sagt. Das war schon immer dein Problem. Sei doch mal ein bisschen kritischer, wachsamer. Du bist wie ein kleines Schäfchen, das gerne an Blumen schnuppert. Wo sind denn die Beweise? Was wäre denn mein Motiv?"

„Ich habe Celine getroffen. Du hast in meinem Namen Emails verschickt", wechselte ich das Thema.

Insa zog ihre blassen Augenbrauen hoch, schaute mich unbeeindruckt an und zuckte mit den Schultern. „Ich wollte dich vor all den falschen und nervigen Menschen beschützen. Die meinen es alle nicht gut mit dir, glaube mir. Das sind keine echten Freunde. Alberne Bekanntschaften, oberflächlich, flüchtig. Ich dachte, wir brauchen so etwas nicht. Ich dachte, wir wären Freundinnen. Das dachte ich."

„Du hast den Verstand verloren", stellte ich angewidert fest. „Vielleicht bist du keine Mörderin, aber du bist auch keine Freundin. Pack deine Sachen und geh."

„Wo soll ich deiner Meinung nach hingehen?"

„Das ist mir egal." Ich legte die 500 Euro, die ich vom Sparkonto meiner Mutter abgeholt hatte, auf den Tisch. „Hier, das wird dir über die erste Zeit helfen. Du wirst schon etwas finden."

Endlich erhob Insa sich, steckte das Geld in die Hosentasche und ging wortlos an mir vorbei zur Tür. „Du bist dir deiner Sache ja sehr sicher", stellte sie fest, bevor sie das Zimmer verließ.

Ich erwiderte nichts. Aber sie irrte sich. Noch nie in meinem Leben hatte ich mich so unsicher gefühlt.

In erstaunlich kurzer Zeit waren ihre Taschen gepackt.

Sie besaß nicht viel. Gerade, als sie die Wohnungstür öffnete, rannte ich ihr hinterher.

„Der Schlüssel. Ich will sofort den Hausschlüssel wiederhaben. Alle Schlüssel, auch den von der Garage, dem Schuppen und dem Keller."

„Natürlich." Insa legte das Schlüsselbund auf die Ablage.

„Auf Widersehen."

„Leb wohl!", entgegnete ich. Ich legte keinen Wert auf ein Wiedersehen.

An diesem Abend kontrollierte ich alle Türen mehrmals und schloss trotz der lauen Nacht sämtliche Fenster. Die Stille im Haus umgab mich wie ein Nebel, durch den ich mich langsam hindurchtastete, als könne sich jederzeit unversehens ein Abgrund vor mir auftun. In meinem Zimmer machte ich Musik an, dann schaltete ich sie wieder aus, öffnete meine Zimmertür, lauschte in den leeren Flur hinein. Nichts regte sich. Mit klopfendem Herzen legte ich mich in mein Bett, zog die Decke bis unter das Kinn und starrte laut atmend in die Dunkelheit.

Zum ersten Mal in meinem Leben war ich ganz allein.

Türchen Nr. 9

Ins kalte Wasser springen
Hannover, Juni 2015

Tagelang lag ich in meinem Bett, zusammengekauert wie ein Baby im Mutterleib. Ich weinte mir die Augen aus dem Kopf, betrachtete Fotoalben, als könnte ich durch die alten Familienbilder aus glücklicheren Zeiten meine Eltern wieder herbeirufen. Sah uns durch schattige Wälder und grüne Landschaften wandern, triumphierend hielten mein Vater und ich an ungezählten Gipfelkreuzen die Fäuste hoch, fantastische Weiten und Tiefen lagen hinter uns, schneebedeckte Berglandschaften um uns herum, und wir strahlten auf jedem dieser Bilder euphorisch mit spiegelnden Sonnenbrillen und braunen Gesichtern. Auf anderen Seiten winkte ich mit nassen Locken aus dem Millstädter See, aus dem Garda-See, aus vielen namenlosen Bergseen. Immer war ich gleich ins Wasser gesprungen, selbst in eiskaltes Wasser. Ins kalte Wasser springen... Wieder fingen die Tränen an zu laufen, und ich zog die Decke über den Kopf, überließ mich meinem grenzenlosen Elend und der finstersten Einsamkeit. Offensichtlich hatte ich mein Leben an die Wand gefahren.

Nach ein paar Tagen hatte mich immer noch niemand gerettet, aber mir ein tröstlicher Gedanke gekommen: ich besaß ein Haus. Und ich hatte Hunger. Ich musste einkaufen gehen. Ich nahm Abschied von meiner hingebungsvollen Verwahrlosung, zog mir ein frisches T-Shirt und eine Jeans über. Vorsichtshalber packte ich ein Handtuch und einen Badeanzug ein. Unten im Flur kam mir ein unangenehmer Geruch aus der Küche entgegen, der mich an die Notwendigkeit erinnerte, künftig allein für Sauberkeit und Ordnung in diesem Haus zu sorgen. Ich sah mich genötigt, die Küche in einen annehmbaren Zustand zu versetzen und den vollen Müllbeutel nach draußen zu bringen, bevor ich mich endlich auf den Weg machte.

An der frischen Luft wurden meine Gedanken wieder klarer. Mir kam der Einfall, in der Mensa einen Zettel ans Schwarze Brett zu hängen und in meinem Haus eine Wohngemeinschaft zu gründen. Das Haus eignete sich prima dafür. Im Erdgeschoss lag der großzügige Wohn- und Küchenbereich. In der ersten Etage waren drei Zimmer und ein Bad. Ich musste nur das ehemalige Zimmer meiner Mutter und das von Insa leerräumen, dann konnte ich von den Mieteinnahmen zumindest das Haus erhalten und selber mietfrei leben. Somit war ich vom Studentenzuschuss unabhängig. Was gut war. Ich musste unbedingt eine neue Ausbildung beginnen, irgendetwas anderes tun, auch wenn mir auf Anhieb nichts Geeignetes in den Sinn kam. Nur eines war sicher: ich würde ganz sicher nie wieder die geisteswissenschaftliche Uni betreten. Ich wollte auf keinen Fall je wieder Insa Albu über den Weg laufen.

Weil mir nicht nach Kochen zumute war, kaufte ich nur ein paar Schokoladencroissants und lud mich selber zum Essen in ein nettes kleinen Restaurant ein. Mit vollem Bauch schlenderte ich lustlos durch den naheliegenden Park, setzte mich eine Weile träge in die Sonne auf eine Parkbank, beobachtete spielende Kinder, grauhaarige Paare und Wein trinkende Jugendliche, die Gitarre spielten und dazu laut und schräg sangen. Ich fühlte mich ausgestoßen und elend. Trotzdem blieb ich sitzen und beobachtete die Menschen, die mir alle übertrieben glücklich und verliebt vorkamen, was ich ungerecht fand, als sei es eine persönliche Beleidigung.

Weil mir nichts Besseres einfiel, ging ich ins Schwimmbad. Die Freibadsaison war eröffnet. Ich lag auf dem Rücken im Wasser. Ließ mich treiben und starrte in den blauen Himmel über mir, brach erst wieder auf, als das Bad schloss. Weil ich noch nicht nach Hause wollte, schaute ich mir eine amerikanische Komödie im Kino an, lachte trotzig über fliegende Torten und fröhliche Peinlichkeiten, aß Popcorn und trank Sprite. Das war mein Abendbrot.

Als ich spät nach Hause kam, fühlte ich mich trotz allem etwas optimistischer. Zum ersten Mal konnte ich mir vorstellen, irgendwann auch wieder gerne nach Hause zu kommen, mit anderen Menschen hier zu wohnen, irgendetwas zu studieren. Es musste doch wohl etwas geben, was zu mir passte. Vielleicht Meeresbiologie. Oder ich würde Geologin werden und wagemutig die Beschaffenheit von Vulkanen untersuchen.

Mein Bett war so zerknüllt, wie ich es am Morgen verlassen hatte. Aus einem plötzlichen Aktivismus heraus bezog ich es neu und fiel dann erschöpft in das frische, duftende Bettzeug. Vielleicht wurde ja doch noch alles gut.

Am nächsten Morgen schlief ich lange und stand erst auf, als die Sonne schon über die Kastanienbäume stieg und in mein Zimmer schien. Ich hatte Kaffeedurst und großen Appetit auf meine Schokoladencroissants, lief im Schlafanzug und barfuß die Treppe hinunter. Im Flur griff ich nach der Brötchentüte, die ich gestern einfach in den Ohrensessel geworfen hatte, und schob die Küchentür auf.

Da sah ich es.

Es war nichts wirklich Beunruhigendes. Nur ein Zettel. Mitten auf dem Küchentisch. Das war wirklich nichts Bemerkenswertes.

Ein Zettel eben.

Leider konnte ich mich einfach nicht daran erinnern, mir gestern noch eine Notiz gemacht zu haben. Ich war nach meiner Rückkehr aus dem Kino direkt in mein Zimmer gegangen. Hatte ich morgens eine Einkaufsliste liegenlassen? Nein, ich hatte keine Liste gemacht, aber ich hatte den Küchentisch abgeräumt und abgewischt, bevor ich mich auf den Weg gemacht hatte. Schließlich war dies – nicht nur dem Geruch nach zu urteilen - überfällig gewesen. Die schmutzigen Müslischalen hatten aufgrund meines desolaten Gemütszustandes tagelang auf dem Tisch gestanden. Ganz gewiss war der Küchentisch, als ich aufgebrochen war, leer gewesen, ohne einen einzigen Krümel. Deshalb war dieser Zettel eben doch merkwürdig und irgendwie beunruhigend.

Ich trat an den Tisch und griff nach dem Stück Papier, faltete es auseinander. Mein Blick erfasste eine kleine Bleistift-Zeichnung: Ein dürrer Ast mit ein paar Blättern dran, darauf ein kleiner Vogel, der den Schnabel nach oben streckt. Darunter stand in zierlichen Buchstaben: *„....da war der Kuckuck wieder da... Hallo, Tessa, gut geschlafen?"*

Türchen Nr. 10

Simsalabim
Hannover, Juni 2015

Sie war hier gewesen, hatte sich mit einem Ersatzschlüssel hineingeschlichen, mir diesen Streich gespielt und war wieder verschwunden. Eine Stalkerin. Ein Fall für die Polizei, wenn die Beweislage nicht so spärlich gewesen wäre. Ein Blatt mit einer Bleistiftzeichnung, ein Einbruch ohne weitere Spuren. Ich konnte mir das ratlose Schulterzucken der Beamten vorstellen.

Statt eine Anzeige zu erstatten, bestellte ich eine Firma, die sämtliche Schlösser austauschte, die Terrassentür wurde besonders gesichert, die Fenster verriegelt und die Kellerfenster vergittert. Ich hatte keine Lust auf schlaflose Nächte.

„Völlig richtig", sagte der Handwerker, der gutes Geld an mir verdiente. „Das machen Sie richtig. So eine junge Frau auf einem einzelnen Grundstück ohne direkte Nachbarn. Die Kriminalpolizei rät da ja auch zu. Machen Sie richtig, junge Frau, machen Sie richtig."

Trotzdem blieb ich schreckhaft nach diesem Erlebnis, zuckte zusammen, wenn die Heizung Geräusche machte, die knackenden Dachbalken ließen meinen Atem stocken, ein Eichhörnchen, das über die Terrasse huschte, verwandelte mich in eine Salzsäule. Um unter Menschen zu sein, aß ich in der Mensa und ging abends zu Vorträgen oder auf Konzerte, aber die Unruhe in mir begleitete mich, trotz Schlaftabletten und Beruhigungstees. Jeden Morgen war ich froh, die Nacht überstanden zu haben, bis zu jenem Morgen, an dem etwas auf meinem Nachttisch lag.

Mit verschlafenen Augen musterte ich den kleinen Zettel und las: *„Na, Tessa, hast du Alpträume?"*

Mit einem Schlag war ich wach, setzte mich ruckartig auf, wich - meine Bettdecke umklammert - bis an die Wand zurück, als könne dieser kleine Zettel mich anfallen und verschlingen. Ich zitterte am ganzen Körper. Sie hatte an meinem Bett gestanden. Ich hatte geschlafen unter dem Blick ihrer schmalen, grauen Augen. Wie war sie hineingekommen. Wie schaffte sie das. Und warum?

Warum?

Wieder holte ich Geld vom Konto, reduzierte damit mein bescheidenes Erbe auf einen kläglichen Rest. Erneut nahm ich die Firma in Anspruch, die ruhige Nächte und Schutz vor jeder Art von Einbruch versprach. Diesmal ließ ich Überwachungskameras und Bewegungsmelder installieren.

„Völlig richtig", sagte der Handwerker, der zum zweiten Mal gutes Geld an mir verdiente. „Das machen Sie richtig. Die Kriminalpolizei rät da ja auch zu. Machen Sie richtig, junge Frau, machen Sie richtig."

Jede Gestalt, die sich meinem Anwesen näherte, wurde jetzt gefilmt, der Bewegungsmelder schickte alles Ungewöhnliche direkt an mein Handy. Ich konnte am Abend überprüfen, was an den Eingängen meines Hauses geschehen war, nach einer Woche waren mir die Bewegungen meines Briefträgers sehr vertraut. Ich kannte jetzt auch den Igel, der in den Abendstunden seine Runde durch das Blumenbeet zog, den Amseln konnte ich Namen geben. Ansonsten tat sich nichts, alles blieb ruhig, aber für mich war es die Ruhe vor dem Sturm, alles in mir lauerte, ständig war ich in Alarmbereitschaft. So schnell gab Insa Albu nicht auf. Ich kannte nicht ihr Geheimnis, wahrscheinlich war sie eine rettungslose Psychopatin, und ich hatte das Pech, zufällig ihr Opfer zu sein. Ich wusste nicht, ob sie Blut an den Händen hatte und wie gefährlich sie wirklich war. Aber eines war gewiss: Sie würde nicht aufgeben.

Es war ein Sonntagnachmittag, verschlafen, träge und sonnig. Ich hatte mich nach dem Mittagessen hingelegt, weil meine Nächte so unruhig und voller bedrohlicher Schatten waren. Als ich endlich wieder aufwachte, ging ein erfrischender Sommerwind durch das gekippte Fenster und streichelte meine nackten Arme. Ich streckte mich und überlegte, ob ich noch die Energie aufbringen konnte, ins Schwimmbad zu fahren. Da hörte ich es.
Jemand spielte auf dem Klavier meiner Mutter.
Unten im Wohnzimmer.
Ich erkannte die Melodie.
Sie war da.
Mit einem Ruck erhob ich mich, eilte aus dem Bett, riss die Tür auf. Ich beeilte mich, um meine Angst nicht zu spüren. Während ich die Treppe herunterstolperte, brach das Klavierspiel ab, mein Handy schlug Alarm, meldete eine Bewegung auf der Terrasse. Ich stürzte

ins Wohnzimmer.

Das Klavier stand still da.

Der Deckel war hochgeklappt, die Terrassentür weit geöffnet.

Die Blüten der Kastanienbäume, die bereits herabgefallen waren, wurden von dem lauen Sommerwind über die Steinfliesen der Terrasse geweht. Meine Hände zitterten, als ich meinen Laptop aufklappte, ich lud die Ergebnisse der Gartenkamera hoch, gab die Uhrzeit ein, starrte auf das Schwarz-Weiß-Bild. Ich wollte sehen, wie sie in mein Haus eindrang, wie sie wieder hinauslief, ich wollte den Beweis. Es musste für eine Anzeige reichen. Ich guckte angespannt auf den Bildschirm, bis endlich etwas geschah. Die Terrassentür flog auf – ich hielt die Luft an – heraus kam…niemand. Die Terrasse blieb leer. Dann wurde der Bildschirm schwarz. Ich wollte irritiert nach der Computermaus greifen, als sich langsam etwas aus dem Schwarz des Bildschirms herauskristallisierte, schemenhaft erst, dann deutlicher werdend. Je klarer das Bild vor meinen Augen erschien, desto mehr gefror das Blut in meinen Adern… Augen… Mund…Haare…

Nein, bitte nicht, nicht das. Das konnte nicht sein.

Es war das Foto einer Puppe. Die Erinnerung an jene grausame Nacht vor so vielen Jahren durchfuhr mich wie ein schmerzhafter Stromstoß. Das gespenstische Puppengesicht füllte den Bildschirm aus, der starre Blick aus gemalten Augen, der Riss in der Plastikhaut wie eine klaffende Wunde, vom rechten Auge quer durch die zerbeulte Nase bis zum linken Mundwinkel.

Dort verzerrte der Riss das unbewegliche Puppenlächeln zu einer schrägen Grimasse. Ein zittriger Schriftzug glitt über den Bildschirm.

„Hallo, Mama, dein Baby ist wieder da…"

Im Keller
Hannover, Juli 2015

Das einzige, was mich jetzt noch retten konnte, war ein Hund. Wenn es schon keinen warmherzigen Werwolf-Gefährten und keinen riesigen treuen Schattenwolf für mich gab, dann musste es wenigstens eine furchteinflößende Bulldogge sein oder ein fieser Kampfhund, der beißen und mit den Zähnen fletschen konnte, selbst wenn sich ihm grauenvolle Dämonen entgegenstellten.

Es war Montagmorgen. Die Nacht war fürchterlich gewesen, ein panisches Wachsein durchschnitten von kurzen beängstigenden Träumen, endlos und quälend, aber sie war vergangen. Ich spürte einen erschöpften Trotz in mir und den festen Entschluss, mich nicht klein kriegen zu lassen. Sie wollte Krieg. Sie konnte ihn haben.
Der Hundekauf war aber nicht so einfach, wie ich gedacht hatte. Das Tierheim wollte mir kein aggressives Tier aushändigen, weil ich keinerlei Erfahrung mit Hunden verfügte.
„Vielleicht erst einmal ein kleines Tier. Vielleicht ein Dackel?"
Ich bedankte mich und versprach, es mir zu überlegen, voller Zweifel, ob ein Dackel in meiner Situation

hilfreich sein konnte. Etwas ratlos ging ich an der Mensa vorbei, um zu überprüfen, ob mein Zimmerangebot vielleicht schon zur Kenntnis genommen worden war. Ich hatte meine Telefonnummer auf kleinen Abreißzetteln notiert. Wirklich, einige fehlen. Bestimmt meldeten sich bald die ersten Interessenten. Mitbewohner konnten eventuell hilfreicher sein als eine Bulldogge – und pflegeleichter.

Ich holte mir bei der Gelegenheit gleich ein warmes Essen. Auf der Suche nach einem Platz entdeckte ich an einem der langen Mensatische drei bunt gefärbte Köpfe in allen Orange- bis Violett-Tönen. Es war meine „Beinahe-Doppelkopfrunde" – nur Celine fehlte.

Ich setzte mich trotzdem zu ihnen. Vielleicht konnte ich ja das Missverständnis irgendwann aufklären. Ich erzählte ihnen von den Zimmern, die ich vermieten wollte, ob sie jemanden wüssten? Sie versprachen, sich umzuhören. Wir plauderten über Belangloses, aber es war nett und unbefangen. Ich witterte eine Chance für mich.

„Falls ihr mal wieder eine Doppelkopfrunde habt. Ich würde echt gerne mal mitmachen. Vielleicht versucht ihr es ja noch mal mit mir?", ich lächelte aufmunternd und fühlte mich sehr mutig.

Die drei jungen Frauen schüttelten jedoch die Köpfe. Sie guckten betreten. Ich merkte, wie meine Chance sich in Nichts auflöste. Ich hatte verloren.

„Nimm es nicht persönlich, Tessa. Es hat nichts mit dir zu tun. Aber uns ist im Moment nicht nach Kartenspielen zumute. Weißt du, Celine liegt im

Krankenhaus. Das hast du vielleicht noch gar nicht mitbekommen…"

Mir wurde kalt. „Was hat sie?", fragte ich tonlos.

„Ein unbekannter Virus. Die wissen nicht, was man da machen kann. Und jeden Tag geht es ihr schlechter…"

Ich stand auf. Mir war nicht mehr nach Essen zumute. Als ich mein Tablett griff und den dreien wortlos zunickte, hielt eine von ihnen mich am Arm fest.

„Falls du sie besuchst, dann lass dir nichts anmerken. Sie sieht … sie sieht verändert aus. Sie verliert so viel Flüssigkeit…"

Ich starrte sie an, das Tablett entglitt meinen Händen, fiel krachend auf den Mensafußboden, klirrend zersprangen Teller und Schälchen in zahllose Scherben. Die Essensreste spritzten in alle Richtungen und verteilten sich auf dem Fußboden. Irgendjemand schrie auf. Ich wandte mich ab, taumelte aus der Mensa, schnappte draußen nach Luft. Ich musste mich an einem Laternenpfahl festhalten, der Boden unter meinen Füßen schwankte. Mir war schwindlig, das Sonnenlicht war zu grell. Nein, dachte ich, nein, nein. Mein Verstand war zu keinem anderen Gedanken fähig.

Sobald ich wieder klar gucken konnte, stieg ich auf mein Fahrrad und radelte nach Hause. Ich schob mein Gefährt in den Vorgarten, stellte die Alarmanlage aus und schloss die Wohnungstür auf, warf meine Tasche in den Ohrensessel und trat in die Küche. Ich war nicht wirklich überrascht von dem Zettel, der auf dem Küchentisch lag. Wie eine Verurteilte auf dem Weg zur Schlachtbank trat ich an den Tisch heran, nahm den

Zettel und las: *„Hallo, Tessa, ein gutgemeinter Rat: vielleicht solltest du dir besser keine Freunde anschaffen…"*

In diesem Augenblick klingelte mein Handy. Zittrig zog ich es hervor, strich über das Display, nahm es ans Ohr und fauchte: „Was hast du mit Celine getan? Was hast du getan? Wer bist du überhaupt?"

„Tessa, was ist denn?", klang eine verschüchterte Stimme aus meinem Telefon. Es war Mandy.

Mandy.

Meine Augen weiteten sich. Ich starrte auf die Botschaft, die vor mir lag: *„Hallo, Tessa, ein gutgemeinter Rat: vielleicht solltest du dir besser keine Freunde anschaffen…"*

„Tessa?"

„Hör zu", sagte ich langsam und blickte mich gründlich in meiner Küche um, trat langsam in den Flur. „Hör mir jetzt genau zu. Ich möchte nicht, dass du dich noch einmal bei mir meldest. Nimm keinen Kontakt zu mir auf. Niemand darf wissen, dass du mich kennst."

„Was ist los?", hörte ich ihre aufgeschreckte Stimme.

„Ich kann jetzt nichts erklären. Es ist gefährlich, mich zu kennen – denke an …ihn."

„Ich bin nicht doof, Tessa. Du bist in Gefahr. Das höre ich. Soll ich die Polizei rufen?"

Ich überprüfte das Wohnzimmer und blickte hinter die Vorhänge, unter das Sofa, dann kontrollierte ich die Abstellkammer. Besen, Schrubber, Eimer, eine Schürze am Haken, Handfeger…

„Nein, alles gut. Ich möchte nur, dass du mich nie wieder anrufst. Ich melde mich bei dir, ich verspreche es dir…"

„Ich wollte doch nach Hannover kommen, Tessa, ich dachte, du hilfst bei der Wohnungssuche, ich wollte so gerne Kontakt zu dir halten. Es ist, wie etwas von Robin zu behalten…"

„Ich weiß, was du meinst…" Es brannten Tränen in meinen Augen. Ich drückte die Lippen fest aufeinander, schluckte.

Plötzlich: ein Geräusch, ein Türklappen, im Keller. Bewegungslos blieb ich stehen und lauschte angestrengt. Aber ich hörte nur meinen eigenen Atem. Langsam trat ich zur Kellertür, die sich unter der Treppenschräge befand, schloss sie auf und schielte in die Dunkelheit hinab, spitzte die Ohren. Eine steile Steintreppe führte in den Kellerbereich hinab. Das gesamte Haus war unterkellert. Meine Eltern hatten unten eine kleine Werkstatt gehabt, ihre Vorräte und die Wanderausrüstungen gelagert. Der Heizungsraum war dort unten. Wie lange war ich nicht mehr dort unten gewesen?

„Du musst auf mich hören, Kleines, bitte", flüsterte ich beschwörend in das Telefon. „Komm nicht hierher. Gehe ins Ausland, gehe als Au-pair irgendwohin, Work and Travel auf Neuseeland – irgendetwas in der Art. Aber geh fort. Bitte."

„Kann ich irgendetwas für dich tun?"

„Nein", sagte ich und drückte das Gespräch weg und schob das Handy in die Hosentasche. Ich schaltete das Kellerlicht an und stieg langsam die schmale Steintreppe hinab.

Noch nie war ich gerne allein in den Keller gegangen.

Er war verwinkelt und voller Schatten, die Decke bedrückend niedrig, die Wände rau, fleckig und spinnwebverhangen. Manchmal hatte meine Mutter mich nach einer Konservendose geschickt, dann war ich mit klopfendem Herzen hinabgestiegen, hatte aus dem Vorratsschrank die erstbeste Dose gegriffen und war wieder hinaufgeeilt, hektisch und atemlos.

Der Kellerfußboden war mit grauen und schwarzen Kacheln gefliest. Ich betrat den ersten Raum. Es war die Werkstatt. Achtlos lag das Werkzeug auf dem groben Tisch, als sei mein Vater erst gestern noch am Werken gewesen. Der Werkzeugschrank stand offen. Alles wirkte unsortiert und durcheinander. Aber es gab hier keine Tür, keine Nische, wo sich jemand hätte verbergen können. Ich betrat den größeren Kellerraum, der als Lager benutzt wurde. Hier standen alte ausgelagerte Schränke und Regale, alles bunt zusammengewürfelt. Ich öffnete den ersten Schrank, einen wahren Koloss, der mich bestimmt um einen halben Meter überragte und vollgestopft war mit alten Kletter-Utensilien, Wanderausrüstungen, Schlafsäcken, Zeltstangen, einem Gaskocher, aber kein Eindringling hielt sich hier versteckt. Ich schloss ihn wieder, wandte mich dem nächsten zu. Den kannte ich gut. Er hatte keine Türen. Hinter einem karierten Vorhang waren die Vorräte untergebracht, Dosen, Reis und Mehl. Vorsichtig schob ich den schweren Stoff zur Seite, es bot sich mir der vertraute Anblick. Erleichtert atmete ich auf. Der nächste Schrank war etwas tiefer als die anderen, aus glänzendem, dunklem Holz mit geschwungenen Füßen. Er stammte noch von meiner

Großmutter, die mit uns hier gewohnt hatte, bis sie gestorben war. Die Türen öffneten sich knarzend. Ich starrte auf einige Kleider, Jacken. In verschiedenen Fächern lagen T-Shirts, Hosen. Meine Mutter hatte hier offensichtlich ihre abgelegte Kleidung gelagert. Vielleicht für schlechtere Zeiten? Während ich noch in den dunklen Schrank hineinstarrte, hörte ich erneut das Zuschlagen einer Tür.

Diesmal nicht im Keller.

Diesmal irgendwo über mir.

Hastig wandte ich mich um, eilte zurück aus dem Lagerraum zur Kellertreppe, starrte die Treppe hinauf zur halb geöffneten Kellertür. Irgendjemand war dort oben... Mich überfiel die Vision, die Tür könne sich – während ich hier unten noch ängstlich verharrte - langsam, aber unerbittlich schließen, und ich saß hier unten in der Falle. Der Schlüssel würde sich im Schloss drehen. Niemand würde mein Schreien hören, niemand würde mich vermissen.

Keuchend rannte ich die Steintreppe hinauf, rutschte ab, schlug mir das Schienbein an der Steinstufe auf, ein stechender Schmerz durchfuhr mein Bein. Mich mit den Händen abstützend, stolperte ich fast auf allen Vieren die restlichen Stufen hinauf, stieß atemlos die Tür auf, stürzte in den Flur, zittrig, panisch, schlug sie hinter mir zu, drehte den Schlüssel. Den pochenden Schmerz in meinem Schienbein ignorierend, nahm ich die nächste Treppe in Angriff. Die Augen angstvoll nach oben gerichtet, umklammerte meine Hand das Geländer, die Geräusche, die meine eigenen Schritte auf den Stufen verursachen, klangen übertrieben laut in meinen überreizten Ohren.

Ratlos stand ich schließlich im ersten Stockwerk und blickte auf die vier geschlossenen Türen, dahinter befanden sich auf der linken Seite mein Zimmer, das zum Garten hinausging, daneben das Badezimmer, auf rechts die beiden unbewohnten Zimmer, die zur Straße hinausgingen. In diesem Moment wusste ich mit tödlicher Gewissheit um die Sinnlosigkeit meiner Bemühungen. Ich würde hier niemanden ertappen. Wenn es wirklich Insa Albu war, die versuchte, mich in den Wahnsinn zu treiben, dann war sie mir immer einen Schritt voraus, dann konnte sie durch Wände gehen oder sich in Luft auflösen. Es war mir, als könne ich die geduldige Stimme meiner Mutter hören: „Siehst du, Tessa, da ist nichts. Rein gar nichts."

Ich befand mich in meinem eigenen Haus, das professionell gesichert und überwacht war wie ein Hochsicherheitstrakt für Terroristen, und fühlte mich wehrlos wie ein gehetztes Tier.

Türchen Nr. 12

Polizeieinsatz
Hannover, Juli 2015

In dieser Nacht hatte ich – wie sollte es anders sein – entsetzliche Alpträume. Ich spürte im Schlaf, wie mich etwas würgte und riss die Augen auf. Über mir schwebte ein leichenblasses Gesicht, schemenhaft beleuchtete vom Mond, der durch das Fenster scheint. Sie war es. Ihre Hände umschlossen meinen Hals.
„Du bist so ein dummes Schäfchen", flüsterte sie. „Du kapierst nichts, absolut gar nichts."
Ich wollte schreien, aber meine Kehle war zugeschnürt, kein Laut drang nach draußen.
Ich fuhr hoch - saß schwer atmend in meinem Bett. Dunkelheit umgab mich. Ich fasste an meinen Hals. Die Vorhänge bewegten sich im nächtlichen Wind, da hörte ich ein Geräusch. Ich starrte auf die Tür, die sich langsam aufschob, eine helle Gestalt im Nachthemd, das dünne strähnige Haar, sie war es, sie kam auf mich zu, ihre Hände hingen herab wie die einer Toten, ihr Kopf baumelte, als sei er nur mit wenigen Stichen an den Hals genäht. Ihre hellen Augen starrten mich an. Sie flüsterte: "Du bist ein Schäfchen. So dumm, so blind, so taub."
Ich fuhr hoch - atemlos vor Entsetzen. Stille um mich herum. Ich hörte Schritte. Mich hatte ein endloser Schachtel-Traum in seinen erbarmungslosen Fängen. Ich konnte niemals wieder herausfinden, niemals

wieder aufwachen. Die Schritte waren in meinem Kopf, über mir, um mich herum, in mir, gleich würde sich die Tür wieder öffnen, gleich würde sie wieder erscheinen, immer und immer wieder.

Ich versuchte zu schreien, diesmal kam ein Laut aus meinem Mund, kläglich, eher ein Stöhnen, aber ein Schrei. Etwas war anders als vorher. Ich schaltete das Licht an, blickte auf die Uhr. Zehn Minuten nach drei. Ich war wach und fest entschlossen, niemals wieder einzuschlafen.

Nur die Schritte waren leider immer noch da. Langsam wanderte mein Blick an die Zimmerdecke. Sie waren dort oben. Der Alptraum meiner Jugend holte mich wieder ein. Über meinem Zimmer. Auf dem Dachboden. Über mir waren die Schritte. Aber diesmal wusste ich, wer es war.

Endlich begriff ich. Insa Albu war gar nicht in mein Haus eingedrungen und wieder gegangen. Sie war kein Dämon, der durch Wände gehen und unsichtbar verschwinden konnte. Sie war immer hier gewesen. Wahrscheinlich war sie genau an dem Tag, an dem ich sie hinausgeworfen hatte, wieder durch die Hintertür zurückgekehrt mit einem längst nachgemachten Schlüssel. Sie war vorbereitet gewesen. Während ich im Frühling sorglos im Garten gearbeitet, die Komposthaufen gewendet, Beete umgegraben hatte, war sie auf ihre Art fleißig gewesen, hatte sich eingerichtet oben auf dem Dachboden ein, zwischen dem alten Spielzeug, den schäbigen Matratzen. Dort hauste sie. - Aber jetzt reichte es.

Ein wilder Triumph stieg in mir auf. Jetzt hatte ich sie!

Hastig zog ich mein Handy hervor und rief die Polizei.

Als es klingelte, sprang ich auf, stolperte durch den Flur, die Treppe hinunter, riss die Tür auf. Vor mir standen zwei Männer, ein älterer Unrasierter und ein kleiner mit Schnurbart. Beide in dunklen Uniformen mit Schlagstöcken, Funkgeräten und Waffen. Mit unendlicher Erleichterung sah ich sie an, meine Freunde und Helfer. „Es ist jemand auf dem Dachboden. Eine Frau, sie verfolgt mich schon seit Tagen. Bitte, helfen Sie mir." Mir kamen fast die Tränen vor Erleichterung. Der Alptraum war vorüber.

Der Ältere zog seine Waffe. „Gehen Sie in Deckung, Frau Born, wir werden uns die Sache ansehen." Er wirkte ungeheuer kämpferisch, angespannt wie ein geübter Jäger, so vertrauenserweckend, während der Jüngere etwas unruhig an seinem Funkgerät spielte. „Wir brauchen vielleicht Verstärkung, Mertens."

In diesem Augenblick hörte ich hinter mir Schritte auf der Treppe. „Herrje, wer hat denn die Polizei gerufen?" Insa in einem hellen Nachthemd. Meine Nackenhaare stellten sich auf.

„Es ist aus, Insa, das Spiel ist vorbei ", fauchte ich siegessicher. „Du kannst mit den Herren mitgehen. Du wirst mich nicht länger quälen." Ich drehte mich wieder zu den Männern um. „Sie stalkt mich, seitdem ich sie hinausgeworfen habe. Sie bedroht mich. Sie droht, meinen Freunden etwas anzutun. Sie ist gefährlich."

„Tessa!", rief die blasse Frau mit überzeugendem Entsetzen und trat auf die Polizisten zu, reichte ihnen die Hand. „Ich bitte Sie um Entschuldigung, Herr…"

„Mertens", sagte der Ältere verwirrt und steckte sein

Waffe zurück in den Schaft.

„Bolle", fügte der Jüngere eifrig hinzu und ließ sein Funkgerät los. „Was ist hier eigentlich los?"

„Sie hören *nicht* auf diese Frau." Mit einer heftigen Geste schob ich Insa zur Seite. „*Ich* habe Sie gerufen. Diese Frau ist bei *mir* eingedrungen. Nehmen Sie sie fest."

Der kleine Bolle zog seinen Block heraus. „Und Sie sind…?", fragte er in Insas Richtung.

„Insa Albu." Ihre Stimme klang sanft. Mir wurde übel.

„Sie sind hier widerrechtlich eingedrungen?"

„Ich wohne hier."

„Sie lügt!", kreischte ich. „Sie lügt. Sie ist gefährlich. Hören Sie mir zu, *mir*!"

„Nun mal langsam, junges Fräulein", hob Mertens seine Stimme an. „Sie haben da ja einige Vorwürfe gegen diese junge Dame vorgebracht. Ist es nicht so?"

„Ja, sie hat…"

„Nun, wir leben in einem Rechtsstaat. Jeder Angeklagte darf sich verteidigen. Also lassen Sie Frau Albu bitte ausreden. Nun, Frau Albu. Sie sagen, Sie wohnen in dieser Wohnung."

Insa rieb sich selbst über die Oberarme, als sei ihr kalt. „Ich bin hier nach dem Tod von Tessas Mutter eingezogen. Ich kann Ihnen gerne mein Zimmer zeigen. Sie können aber auch beim Einwohnermeldeamt nachfragen. Ich bin hier gemeldet. Tessa ging es nach dem Ableben ihrer Mutter nicht gut, ihr Freund war kurz zuvor gestorben. Ein tragischer Unfall. Das war alles etwas viel. Ich kümmere mich um sie."

Ich starrte sie an. „Du widerliches, verlogenes Stück

Abschaum", entfuhr es mir.

Die Polizisten zuckten zusammen.

„Ist sie gefährlich?" Die Beamten richteten ihre Frage an Insa.

„Brauchen Sie Hilfe?" Wieder ging die Frage an Insa.

Ich schnappte empört nach Luft.

Insa schüttelte langsam den Kopf. „Wir kommen eigentlich ganz gut klar. Nur heute hat sie ihre Medizin nicht genommen." Sie zog eine Packung Amitriptylin aus der Tasche ihres Nachthemdes.

Ich schrie sie an. „Das ist deine eigene Medizin, du Miststück!"

„Ein Anti-Depressivum", erläuterte Insa geduldig, ignorierte meinen Wutanfall demonstrativ und zeigte den Beamten die Tabletten-Packung. „Der Arzt hat mich vor solchen Ausbrüchen gewarnt. Natürlich ist es traurig, wie sehr sie sich gegen mich wendet. Es ist ein Teil des Krankheitsbildes. Sie meint das nicht so. Es ist der Schmerz. Ich habe ihrer Mutter versprochen, mich um sie zu kümmern. Sie hat sonst niemanden."

„Kommen Sie denn mit ihr zurecht?" Bolle steckte seinen Block zurück in die Tasche. Offensichtlich war der Fall für ihn beendet. Insa nickte.

„Sie können doch jetzt nicht einfach fortgehen", verzweifelt griff ich nach Mertens Arm, er war vorhin noch mein Verbündeter gewesen. „Nehmen Sie mich mit. Lassen Sie mich nicht mit der allein. Sie will mich umbringen. Sie hat auch meine Mutter auf dem Gewissen."

Vorsichtig löste Mertens meine Finger von seinem Ärmel. „Wir können Sie natürlich mitnehmen, Frau

Born, wenn Sie darauf bestehen. Wenn Sie sich hier unsicher fühlen. Wo sollen wir Sie denn hinbringen?"

Ich starrte ihn ratlos an. Wo sollte ich hin?

Bolle räusperte sich. „Wenn es Ihnen sehr schlecht geht, könnten wir Sie auch in die psychiatrische Notaufnahme bringen. Das kann hilfreich sein."

„Nein, bitte nicht", murmelte ich hilflos. Vor meinem geistigen Auge sah ich weiß gekleidete Männer, Zwangsjacken und Fixiergurte am Bett. War das Insas Ziel? Mich in eine geschlossene Anstalt zu bringen?

„Das ist nicht nötig", erklärte Insa entschlossen. „Wir schaffen das schon."

Die Polizisten wandten sich zum Gehen. Mertens tippte gegen seine Mütze wie ein amerikanischer Scheriff. „Aber wenn etwas ist, Frau Albu, dann rufen Sie uns an. Nichts für ungut. Sie nehmen da eine Menge auf sich. Alle Achtung. Übernehmen Sie sich nicht. Ein paar Tage Klinikaufenthalt wirken manchmal wahre Wunder… in derartigen…Fällen…. Bringen Sie sich nicht selber in Gefahr, Frau Albu. In extremen Situationen ist auch eine Zwangseinweisung möglich."

„Das würde ich nie zulassen." Ihre Stimme klang wie das Schnurren einer Katze. Sie schüttelte den Herren die Hände, verabschiedete sich, bedankte sich.

Ich stand wie versteinert hinter ihr.

Was war da gerade passiert?

Leise schloss sie die Tür, drehte sich um und schenkte mir ihr grauenhaftes Lächeln.

Türchen Nr. 13

Der Schlüssel
Hannover, Juli 2015

Ich wich langsam vor Insa Albu zurück, ging rückwärts, um sie nicht aus den Augen zu lassen, tendierte vorsichtig Richtung Küche. Dort waren die Messer. Lange gut geschärfte Küchenmesser, nebeneinander im Messerblock, das grobe Brotmesser und das riesige Fleischmesser, mit dem meine Mutter zu Weihnachten den Gänsebraten zerteilt hatte.

„Was hast du jetzt vor?", fragte ich, um sie abzulenken.

„Bringst du mich jetzt um? Wie meine Mutter? Wie Robin? Wie Celine?"

„Keine Angst.", sagte Insa mit einem maskenartigen Lächeln. Sie näherte sich ebenso langsam, wie ich mich von ihr entfernte. „Ich werde dich heute Nacht nicht töten. Wir sind doch Freundinnen."

„Gut zu wissen", stellte ich fest. Ich war am Türrahmen der Küche angekommen und hielt mich daran fest. „Und wie soll es jetzt weitergehen?"

„Ich weiß, ich habe dich erschreckt", gab Insa zu und nickte bedauernd. „Das wollte ich nicht. Ich wollte dir eigentlich nur zeigen, dass ich da bin. Immer. Du kannst mich nicht einfach fortschicken."

Ich ging rückwärts in die Küche hinein und stieß mit dem Rücken gegen den Küchentisch, blieb stehen.

„Du verstehst einfach überhaupt nicht, worum es

eigentlich geht", erläuterte Insa mit einem Anflug von Ungeduld. Sie stand im Türrahmen zur Küche, etwa anderthalb Meter von mir entfernt.

„Dann erkläre es mir doch", forderte ich sie auf und fixierte im Augenwinkel den Messerblock, der jetzt fast in Reichweite stand. Wie schnell konnte ich sein? Schnell genug?

„Ich werde dir morgen alles erklären, Tessa, glaube mir. Dann wirst du alles begreifen." Ihre Stimme klang fast herzlich und irritierend vertraut.

„Erkläre es mir jetzt", forderte ich sie auf.

Sie schüttelte den Kopf. „Morgen reden wir. Ich verspreche, dir wird nichts geschehen. Du kannst sorglos schlafen. Morgen wird sich alles klären."

„Okay", gab ich scheinbar nach. „Aber ich brauche noch einen Schluck Wasser."

Ich öffnete den Küchenschrank. Jetzt verdeckte die Schranktür ihren Blick auf den Messerblock. Jetzt war es so weit! Das war die Gelegenheit: Ein Griff, eine schnelle Bewegung und ich war bewaffnet. Aber während ich meine Hand schon ausstreckte, wurde mir die Irrsinnigkeit meines Vorhabens bewusst. Ich würde niemals den Mut haben, sie zu erstechen, sie hätte das Messer in der Hand, ehe ich noch über die Hintergründe meiner Skrupel nachdenken konnte. Und selbst wenn... selbst wenn... zu welchem Schluss kämen die Herren Polizisten Mertens und Bolle wohl, wenn sie Insas Leiche fänden? Ich war verloren.

Einer plötzlichen Eingebung folgend klirrte ich mit der einen Hand zwischen den Gläsern herum und zog mit der anderen unauffällig den Schlüssel vom

Küchenfenster ab. Ich hatte an jedem Fenster Schlösser anbringen lassen, aber es waren überall identische Schlüssel. Dann klappte ich die Schranktür zu, ging mit einem Glas zur Spüle und ließ klares Wasser hinein fließen. Ich beugte mich herunter, als müsse ich mich am Knöchel kratzen und ließ den kleinen Schlüssel in meinen Hausschuh gleiten, richtete mich wieder auf und trank.

„Gut", sagte ich. „Schlafen wir also. Vielleicht sieht die Welt ja morgen anders aus."

„Das wird sie", versprach Insa eifrig. „Das wird sie, Tessa."

Wie ich es erwartet hatte, begleitete Insa mich in mein Zimmer, sie verschloss das Fenster und zog den kleinen Schlüssel ab.

„Weißt du", erzählte sie dabei, während sie ihn in ihre Nachthemdtasche schob. „Meine Geschichte ist nichts für schwache Nerven, deshalb ist es mir so wichtig, sie dir am hellen Tag zu erzählen. Du kannst ausschlafen. Wir frühstücken zusammen. Ich möchte dir alles sagen. Du musst verstehen, warum wir eine Reise machen müssen und wohin..."

„Ich bin gespannt", gab ich zu. „Und todmüde..."

Wie ein braves Kind lag ich in meinem Bett, als sie das Licht löschte und die Tür hinter sich zuzog, dann hörte ich den Zimmerschlüssel im Schloss. Ich war ihre Gefangene.

Ich hörte sie noch im Badezimmer, dann ging sie in ihr eigenes Zimmer. Auf dem Dachboden war es vielleicht doch nicht so gemütlich. Ich beugte mich aus dem Bett und tastete in meinen Schuh. Dort lag er, der kleine

Fensterschlüssel. Wie gut, dass alle Fensterschlüssel gleich waren. Das konnte Insa nicht wissen.

Der kleine Schlüssel lag in meiner Hand. Ich konnte fliehen. Zwar befand sich mein Zimmer im ersten Stock, aber vor meinem Zimmerfenster war das Terrassen-Vordach. Schon als kleines Kind war ich verbotenerweise aus dem Fenster und über das Dach geklettert, von dort in den Garten gesprungen. Nur – wo sollte ich hin?

Was ich brauchte, war ein Fluchtweg, den sie nicht nachvollziehen konnte. Aber wer konnte mir helfen, ohne sich selber in Gefahr zu bringen?

Ursel.

Mir fiel die alte Professorin ein, die alles gewusst und mich gewarnt hatte. Was für eine naive Göre war ich gewesen. Für verrückt hatte ich die Historikerin gehalten! *Sie* konnte mir helfen. Auf jeden Fall würde sie mir – im Gegensatz zu wahrscheinlich fast allen anderen Menschen – glauben. Wo hatte ich nur ihre Handy-Nummer? In irgendeine Hose hatte ich sie gesteckt, wahrscheinlich mehrfach mitgewaschen oder im Altpapier entsorgt. Nein, es war am Tag der Beerdigung gewesen. Ich hatte die schwarze Hose angehabt, die ich sonst nie trug und die ich ungewaschen in den Schrank zurückgelegt hatte.

Vorsichtig stand ich aus dem Bett auf und schlich zum Schrank, ohne einen Laut zu machen. In geduldiger Millimeterarbeit zog ich die Schranktür auf, vermied jedes Geräusch, wühlte im Hosenstapel, da war sie: die unbequeme, schwarze Jeans, darin die Karte, darauf die handschriftlich hinzugefügte Handy-Nummer. Mir fiel ein Stein vom Herzen. Ich griff nach meinem Handy und wählte, schaute vorsichtig auf die Uhr. Es war halb fünf. Eine verschlafene Stimme meldete sich.

„Wer ist da?"

„Tessa", flüsterte ich angestrengt. „Ursel, ich bin es. Ich brauche deine Hilfe. Ich muss fliehen. Ich weiß nicht, wohin..."

Am anderen Ende der Leitung hörte ich einen tiefen Atemzug. „Okay, Mädchen." Dann langsam wacher klingend: "Es ist also so weit, wo bist du?"

„In Mamas Haus. Insa ist im alten Arbeitszimmer. Sie hat mich in meinem Zimmer eingesperrt. Ursel, ich glaube, sie hat furchtbare Dinge getan und noch viel Schlimmeres vor. Alle halten *mich* für verrückt. Ursel, ich weiß nicht, wie sie das geschafft hat. Ich habe Angst, Ursel. Sie ist zu allem fähig. Ich muss hier weg."

„Kannst du entkommen?" Jetzt klang die Stimme der alten Dame wach und konzentriert.

„Ja", sagte ich leise. „Über das Terrassendach, dann durch den Garten, durch das Loch im Zaun, du hast mir davon erzählt."

„Gut, höre mir jetzt genau zu. Ich habe mit dieser Situation gerechnet und vorgesorgt. Du gehst- so schnell, wie es dir möglich ist – zu Herrn Knut Wallenstein. Er wohnt in der Heinrich-Böll-Str. 15. Merke dir das gut. Du hast ihn nie zuvor gesehen, wirst ihn auch nie wiedersehen. Du gibst ihm den Schlüssel für dein Haus, unterschreibst eine Vollmacht und erhältst einen grauen Din-A4-Umschlag. Mit dem fährst du zum Bahnhof. Alles weiter steht im Umschlag. Halte dich nicht mit Fragen, nicht mit Zweifeln und nicht mit irgendwelchen überflüssigen Erklärungen auf. Und benutze niemals wieder dein Handy. Nichts ist leichter zu orten als ein Handy."

Ich packte möglichst lautlos einige Kleidungsstücke in einen Rucksack, Geld, EC-Karte, Papiere, die Konten, über die ich verfügte, meine Geburtsurkunde. Meine gute All-Wetter-Jacke und gefütterte Schuhe zog ich trotz der milden Sommernacht über, wer konnte schon sagen, wie lange ich mich verstecken musste.

Mein Kopf war merkwürdig klar, meine Gedanken pragmatisch und nüchtern. Immer wieder hielt ich inne und lauschte, aber alles blieb still. Vielleicht war Insa froh, endlich wieder in einem Bett zu schlafen. Ganz behutsam zog ich die Gardinen auf und öffnete das Fenster. Ein milchiger Mond schien über den Kastanienbäumen, deren Kronen sich düster vor dem Sommernachtshimmel abhoben. Ich schob mich langsam auf die Fensterbank, hob erst ein Bein, dann das zweite hinüber. Das Vordach knarrte leise unter meinen Füßen. Lautlos zu entkommen, war unmöglich. Verzweifelt und angstvoll hielt ich inne.

Was, wenn Insa alles ahnte und im Garten schon auf mich wartete?

Jetzt oder nie, dachte ich, schulterte meinen Rucksack und lief los. Das Vordach knackte unter meinen Schuhen, meine Schritte rumpelten über das alte spröde Holz. Ich sprang, landete auf dem Rasen, schmerzhaft zog es in meinem Knöchel, meine Wunde am Schienbein pochte, ich hastete auf das Gartenhaus zu, flüchtete in den Schutz der Bäume, Dunkelheit umgab mich, vor mir tat sich Schwärze und Gestrüpp auf.

Wo nur war das Loch im Zaun?

Zweige strichen über mein Gesicht, irgendetwas huschte durch das Unterholz. Panisch spähte ich über meine Schulter zurück. Mein Zimmer war plötzlich hell erleuchtet, jetzt der Flur, jetzt die Küche. Sie suchte mich. - Wieviel Vorsprung blieb mir? Würde es reichen? Es war meine einzige Chance. Ich stürzte mich in das Ungewisse, wühlte mich durch das Gestrüpp bis zum Zaun, Dornen rissen meine Hände auf, verfingen sich in meinen Locken.

Endlich der Zaun, ich tastete nach dem Loch, wagte es nicht, meine Taschenlampe anzuschalten, ich hörte die Terrassentür, jetzt stand sie im Garten.

Hinter mir ihre zornige Stimme: „Tessa!"

Wo nur war dieser verdammte Ausgang, durch den die Professorin im November gekommen und wieder verschwunden war.

Wo nur?

Meine Bewegungen wurden panisch. Verzweiflung schnürte mir die Kehle zu. Gleich würde sie hinter mir sein und mich packen. Plötzlich fühlte ich die lockeren Bretter, schob sie zur Seite, zwängte mich hindurch zur Straße. Ich stand im Laternenlicht, ließ mir keine Zeit, erleichtert zu sein, rannte, so schnell mich meine schmerzenden Beine trugen, rannte, bis neben mir ein Bus auftauchte, es war der erste Bus am Morgen, die Türen öffneten sich, ich stieg hastig ein, sank auf einen der Sitze, zitternd und atemlos.

Hinter mir dämmerte langsam der Morgen herauf, ein

fahles, vorsichtiges Licht am Horizont. Der Linienbus schwenkte von der Haltestelle auf die Straße, und ich lobte jeden Meter, jede Straße, jede Kreuzung, die wir hinter uns ließen, und jede Sekunde dieser Fahrt, die mich weiter und weiter fortbrachte von der Gefahr, der ich entkommen war.

Türchen Nr. 14

Die Dame mit Hut
Norderney, Sommer 2016

Ursel rettete mich mit ihrem gut durchdachten, von langer Hand vorbereiteten Plan. In jener Nacht meiner waghalsigen Flucht aus Hannover war ich mir meiner Sache allerdings keineswegs so sicher gewesen. Als ich im Bus all meine Protokolle, Adressen, Kontakte und Fotos vom Handy löschte und es zwischen zwei Sitze schob, als ich einem müden Knut Wallenstein, der im Schlafanzug und mit zerzausten grauen Haaren an der Tür erschien, meinen Hausschlüssel übergab und jede Vollmacht unterschrieb, nur um in den Besitz des grauen Umschlags zu kommen, als ich im Taxi Richtung Bahnhof saß und jenen Umschlag an mich drückte, weil er das einzige war, was mir nun blieb, da hatte ich das sichere Gefühl gehabt, mein Leben endgültig aus den Händen gegeben zu haben. Das war ich gewesen in jener Nacht: ein winziges Blatt im Sturm des Schicksals erfüllt von der Sehnsucht nach Frieden, Frieden und Sicherheit.

Die hatte ich jetzt auf Norderney.

„Ich werde dich auf eine Insel schicken", hatte Ursel in dem mehrseitigen Brief geschrieben, der in dem Umschlag steckte. *„Ich tue das, weil es unwahrscheinlich ist. Du warst mit deinen Eltern immer nur in den Bergen. Das Meer liegt dir fern, und du hast*

keinerlei Verbindung damit. So verwischen wir deine Spuren."

Sie hatte Recht: Das Meer lag mir nicht wirklich am Herzen. Norderney gab mir Schutz, fühlte sich aber zugleich wie eine Gefängnisinsel an. Ich wagte mich nicht einmal für einen Wochenendausflug auf das Festland.

Der Schlüssel zu meiner Rettung war jener Knut Wallenstein gewesen, den ich in der Flucht- Nacht zum ersten Mal gesehen hatte und in meinem Leben niemals wieder treffen sollte.

„Du kannst Knut Wallenstein vertrauen.", hatte in Ursels Brief gestanden. *„ Uns verbindet eine sehr nette Romanze, die wir bei Gelegenheit immer mal wieder aufleben lassen.*

Er wird sich um deine Angelegenheiten kümmern, das Haus an eine nette Familie vermieten und die Mieteinnahmen für dich anlegen. Das Haus wird von einer großen Institution verwaltet werden, deine Möbel verkauft, deine persönlichen Sachen eingelagert. Nirgendwo werden unsere Namen auftauchen. Alles bleibt anonym oder läuft unter einem Decknamen. Ich habe das lange und gründlich mit Knut ausgetüftelt. Er ist gut in so was."

Es fiel mir etwas schwer, mir eine leidenschaftliche Beziehung zwischen der Professorin und dem recht beleibten Herrn im rot-weiß gestreiften Schlafanzug vorzustellen, aber ich nahm mir fest vor, Ursel niemals wieder als alte Schachtel zu bezeichnen.

„Ich war mal wegen einer Kurmaßnahme auf Norderney", hatte Ursel in ihrem Brief erläutert. *„ In*

dieser Kurklinik habe ich dir einen kleinen Job als Küchenhilfe verschafft. Du wirst nicht viel Geld verdienen, aber es ist ein Anfang. Mit dem Küchenchef verbindet mich eine kleine Affäre, die mir den Klinikaufenthalt damals versüßt hat. Er ist mir etwas schuldig und hat mir deshalb versprochen, dich stundenweise in der Küche zu beschäftigen und dir dafür ein Zimmer zu geben. Er wird sein Wort halten."

Die Arbeit in der Küche war eintönig. In erster Linie musste ich wischen und die Geschirrspülmaschine füllen. Manchmal durfte ich Gemüse putzen und die Suppen umrühren. Gelegentlich drehte sich der Küchenchef mitten bei der Arbeit zu mir um und sagte mit einem leicht anzüglichen, keineswegs besonders angenehmen Blick: „Tolle Frau, ihre Tante, ein echtes Rasseweib. Wirklich, wirklich wahr…"

Um über die Runden zu kommen, bemühte ich mich noch um zwei weitere Jobs. Ich half im Strandcafé „Zur Möwe" aus und wurde - dank meiner Ausbildung zur Rettungsschwimmerin - als Strandwache eingestellt. Mit meinen Kolleginnen vom Strandcafé ging ich einmal im Monat gemeinsam ins Insel-Kino.

In meinen Kollegen von Strandwache verliebte ich mich im Frühling. Piet erwies sich als der geduldigste Mensch, den ich je kennengelernt hatte. Er zog mich wortlos in seine Arme, wenn ich nachts Alpträume hatte und im Schlaf aufschrie, und er ging stundenlang schweigend mit mir am Strand spazieren, wohltuend wortkarg. Nur hin und wieder freute er sich über die bunten Drachen, die die Kinder steigen ließen, oder hob eine besonders hübsche Muschel auf und schenkte sie mir. Wir waren wirklich gut darin, uns *nicht* miteinander zu unterhalten, deshalb erzählte ich ihm auch nichts von meiner Hoffnung, so bald wie nur möglich wieder heimzukehren.

Diese Sehnsucht war der Grund, warum ich weiterhin in der Kurklinik meinen Küchendienst machte, denn hier würde Ursel mich finden und nach Hause holen. Ich hatte Heimweh nach meinem Garten, Heimweh nach meinem Zuhause. Aber ich musste warten.

„Versuche auf gar keinen Fall, Kontakt zu mir aufzunehmen, verlasse die Insel nicht. Wenn die Gefahr vorbei ist, wenn ich genug Beweise gegen Insa Albu habe, so dass sie verurteilt wird und niemandem mehr schaden kann, dann komme ich persönlich und hole dich. Glaube keiner Nachricht, reagiere auf keinen Brief und keine Mail. Ich komme persönlich. Ich hole dich ab." So hatte sie am Ende ihres langen Briefes geschrieben, und ich hatte gelernt, ihr zu glauben.

Als ich das Café am Samstagabend betrat, band meine Kollegin Marlin erleichtert ihre Schürze ab. „Gut, Resi, dass du da bist", rief sie. Auf Norderney kannte man mich nur unter diesem Namen: Resi Mertens. „Ich muss los. Heute ist Party auf der Promenade. Kommst du auch?"

Ich schüttelte den Kopf, verknotete meine weiße Spitzen-Schürze hinter dem Rücken und zählte das Wechselgeld in der großen schwarzen Geldtasche. „Piet will für uns kochen. Wir sind heute hundert Tage zusammen. Er meint, das muss gefeiert werden."

Sie zuckte mit den Schultern. „Dann kann ich wohl viel Spaß wünschen! Die Familie dort hinten hat übrigens schon bezahlt. Die Kinder essen ihr Eis noch auf. Der alte Mann hat Apfelstrudel bestellt, der steht noch im Ofen. Es wird piepen, wenn er fertig ist. Den Kaffee dazu habe ich ihm schon serviert. Auf der Terrasse sitzt noch eine Dame mit Hut. Sie ist bei ihrer dritten Tasse Tee. Da musst du noch abkassieren."

Schon war sie fort. In zwei Stunden machte das Strandcafé zu. Es war eine kurze Schicht, aber das war gut so. Besonders heute. Schließlich wartete Piet mit einem hausgemachten Fischeintopf auf mich.

Ich prüfte die Liste der Bestellungen, aber bis auf den Apfelstrudel stand nichts aus, den servierte ich dem älteren Herrn. Die Familie brach auf, es leerte sich. Ich ging zu der Dame auf die Terrasse. Vielleicht wollte sie ja eine vierte Tasse Tee. Sie blickte auf das Meer, aber ich erkannte den ausgefallenen dunkelroten Hut von hinten und die großen exotischen Ohrringe. Mein Herz machte einen Satz.

Ursel.

Sie war endlich da. Die langen Monate des Wartens waren vorüber. Ich würde Piet den Abend verderben. Aus dem zärtlich geplanten Jubiläum würde ein trauriger Abschied werden. Ich durfte endlich nach Hause. Bei dieser Aussicht konnte mir jeder Fischeintopf gestohlen bleiben.

Ich hastete auf den kleinen Tisch zu. Die Dame mit Hut drehte sich zu mir um.

Ich blickte in ein fahles Gesicht.

Hellgraue Augen musterten mich.

Weißblonde Strähnen schauten unter dem Hut hervor.

„Hallo, Tessa."

Ich erstarrte.

„Setz dich doch!", sagte sie.

„Nein, ganz bestimmt nicht!" Meine Stimme klang wie ein Flüstern. Etwas schnürte mir die Kehle zu. „Bezahl deinen Tee und hau ab. Oder bezahl nicht und hau trotzdem ab."

„Es war schwer, dich zu finden", gab sie zu. „Du hast es mir nicht leicht gemacht. Ich habe Zeit. Ich warte, bis deine Schicht vorbei ist."

„Aber ich habe keine Zeit", entgegnete ich. „Ich bin verabredet."

„Mit deinem 100-Tage-Mann?"

Sie fixierte mich wie ein Jäger seine Beute.

Ich schluckte.

„Einen Fischeintopf will er dir servieren? Hoffentlich verträgt er den Fisch."

„Was hast du getan?", schrie ich sie an.

Der Mann, der drinnen seinen Apfelstrudel aß, sah durch die Fensterscheiben zu uns hinüber.

„He, ganz ruhig!" Insa machte eine beschwichtigende Handbewegung. „Es geht ihm gut. Ich denke nur über Gefahren nach. Rettungsschwimmer ist er. Surfen ist sein Hobby, oder? Er will es dir im Frühjahr beibringen, damit ihr ein gemeinsames Hobby habt. Das hat er mir erzählt. Vorhin. Ich war kurz bei ihm. Ich war neugierig. Er fand es sehr spannend, eine Freundin von dir kennen zu lernen. Er wurde regelrecht gesprächig – für einen Norddeutschen...Er hat – glaube ich - ein bisschen Angst, dass er dir nicht genug bieten kann. Ein hübscher Kerl, ein bisschen langweilig, aber hübsch. Und er lebt gefährlich…"

Trostlos stand ich vor ihr, mit hängenden Armen, gerade eben noch hatte ich gedacht, ich könnte Ursel endlich in den Arm schließen. Ursel…

„Was ist mit Ursel?" fragte ich. Mein Blick glitt über den dunkelroten Hut, über die ausgefallenen Ohrgehänge. Ursels Sachen. Warum trug Insa die Kleidung der Professorin? Warum waren diese Sachen in ihrem Besitz?

Sie seufzte. „Traurige Geschichte. Die Kollegen habe sich ja schon länger gewundert, warum die alte Schramm so merkwürdige Bücher verfasst. Aber vor einem halben Jahr wurde es dann klar, warum. Altersdemenz – traurig, unheilbar. Sie ist in einem Pflegeheim untergebracht. Es geht ihr gut, solange man sie mit Büchern versorgt. Den ganzen Tag starrt sie hinein, leider vergisst sie meistens, die Seiten umzublättern, gelegentlich hält sie die Bücher auf dem Kopf. Ich kümmere mich ein bisschen. Schließlich bin ich ihre Betreuerin. Und – naja – Ironie des Schicksals – auch ihre Zimmer-Nachfolgerin. Ich habe ihr Büro übernommen. Ich bin jetzt Professorin."

Ich schüttelte verächtlich den Kopf. „Du spinnst. Du hast gerade mal an deinem Bachelor gearbeitet, als ich fortging."

„Ich habe – als wir uns kennengelernt haben – wohl vergessen zu erwähnen: Ich habe schon Medizin studiert vorher, allerdings nur ein paar Semester. Meinen Abschluss und meinen Doktor habe ich in Physik gemacht. Ein spannendes Fach. Tja, Tessa, ich glaube, wir haben einfach noch nie über mein Alter geredet. Man sieht es vielleicht nicht, aber ich bin – ehrlich gesagt – schon vierunddreißig. Uralt. Sozusagen. Zumindest fühlt es sich so an. Ich hoffe, du bist nicht enttäuscht…"

Plötzlich stand der Apfelstrudel-Mann neben mir. „Können Sie eine Pause machen, junge Frau? Ich würde gerne bezahlen."

Ich versuchte, die Beträge zu addieren, ein Apfelstrudel, ein Kaffee, dreimal verzählte ich mich, dann vergaß ich, mich für das Trinkgeld zu bedanken. Er brummte unzufrieden, als ich ihn zur Tür begleitete. Ich schloss hinter ihm die Tür ab und kehrte zurück auf die Terrasse. Jetzt setzte ich mich doch. Meine Beine fühlten sich an wie Gummi.

„Insa, was willst du von mir?"

„Was ich schon immer wollte. Mit dir zusammen leben. Bücher schreiben. Spaß haben."

„Bist du lesbisch? Bist du mir verfallen?"

Insa schüttelte sanft den Kopf. „Ein Paar kann sich wieder trennen. Wir sind eher wie Schwestern, oder – wenn man mein Alter bedenkt, vielleicht eher Mutter und Tochter. Wir können uns hassen und verfluchen. Wir gehören trotzdem zusammen…"

„Du glaubst doch nicht, dass ich freiwillig mit dir zusammen lebe nach allem, was passiert ist. Willst du mich für den Rest meines Lebens einsperren und fesseln?", fragte ich fassungslos

„Wir haben früher auch gut zusammengelebt. Wenn du erst alles verstanden hast, dann wird es einfach sein wie früher, oder nein, glaube mir, noch viel besser!"

Ich starrte sie fassungslos an.

„Du glaubst mir nicht", stellte sie traurig fest. „Dann überlege dir doch mal die Alternativen, die du hast. Keine Ursel wird dich abholen. Willst du den Rest deines Lebens auf dieser Insel verbringen und mit deinem Piet Muscheln zählen? Falls dem waghalsigen jungen Mann kein Unglück zustößt. Jungen Männer passiert so leicht etwas."

„Ich werde dich anzeigen. Ich sorge dafür, dass du für den Rest deines Lebens hinter Gittern verbringst. Im Hochsicherheitstrakt oder in einer geschlossenen Anstalt. Mir ist das egal. Aber du wirst dich für das, was du getan hast, verantworten."

„Du willst eine anerkannte Professorin des Mordes überführen? An einem jungen Mann, der einen Motorradunfall hatte? An einer Frau, die im Krankenhaus bei bester Pflege gestorben ist. Merkwürdige Mordtaten. Und wo siehst du das Motiv?"

„Du wolltest mich isolieren. Du bist besessen von dem Gedanken, mich zu besitzen."

„Ich bin also besessen von dir, so sehr, dass ich Menschen töte? Weißt du, Tessa, in der Zeit, in der du fort warst, habe ich Karriere gemacht. Ich bin sehr gut klargekommen. Während du... Was hast du in deinem Leben erreicht? Du versteckst dich panisch auf einer Insel und lebst von irgendwelchen kleinen Jobs. Brichst deine Ausbildung ab, weil du dich von deiner Mitbewohnerin verfolgt fühlst. Hast du nicht schon als Jugendliche Wahnvorstellungen gehabt? Vielleicht sollte *ich* lieber *dich* hinter Gitter bringen. Bei deinen abstrusen Anschuldigungen wird mir angst und bange. Dabei bin ich doch nur hier, um dir eine zweite Chance zu eröffnen, um dich endlich nach Hause zu holen. Ich finanziere dir sogar eine Ausbildung, jede Ausbildung, die du willst. Aus alter Verbundenheit heraus. Klingt so eine Mörderin?"

Für einen Augenblick sah ich ihre Version vor mir wie ein Rettungsring. Vielleicht war ja wirklich *ich* diejenige, die verwirrt im Kopf war. Vielleicht hatte ich auf die falsche Karte gesetzt, als ich einer dementen alten Professorin mit ihren Verschwörungstheorien geglaubt hatte. Vielleicht hätte ich nicht davonlaufen, sondern Insas Erklärungen in jener Nacht abwarten sollen. Vielleicht konnte ich lernen, wieder die Freundin in ihr sehen, die sie einst für mich gewesen war. *Ich* war diejenige, deren Psyche krank war. *Ich* brauchte professionelle Hilfe. Das war die Lösung.

„Okay", entgegnete ich langsam. „Dann schwöre mir, dass du mit dem Tod meiner Mutter und mit dem Unfall von Robin nichts zu tun hattest. Und mit Celines Erkrankung ebenfalls nicht. Schau mir in die Augen und versprich mir, dass ich diejenige bin, die sich irrt. Du bist absolut unschuldig. Ist es so?"

Insa guckte mich an. Die Finger ihrer rechten Hand spielten mit ihrem Ohrgehänge, dann strich sie sich einige Strähnen aus der Stirn. Sie presste ihre blassen Lippen aufeinander, zog die hellen Augenbrauen hoch und zuckte langsam bedauernd mit den Schultern.

Nein. Sie konnte mich nicht beruhigen, sie war nicht bereit, mich aus meinem Alptraum zu befreien.

Sie *war* der Alptraum.

Auf der A7
Nähe Hamburg, Sommer 2016

In einem Fiat 500 rasten wir über die Autobahn, eingebettet zwischen kleinen Lichtpunkten, die uns in der Dunkelheit zeigten, dass wir nicht allein auf der A7 unterwegs waren. Insas Hände umklammerten das Lenkrad. Das Armaturenbrett warf ein gespenstisches Licht auf ihr Gesicht. Keinen Blick ließ sie von der Fahrbahn, als wollte sie auch nicht für einen winzigen Augenblick ihr Ziel aus den Augen verlieren. Aber was – um alles in der Welt – war ihr Ziel?

Ich dachte an Piet, der über seiner Fischsuppe hockte, vergeblich auf mich wartete und nie erfahren würde, dass ich ihm mit meinem eiskalten und abschiedslosen Fortgehen das Leben gerettet hatte. Ich tröstete mich mit der Vorstellung, wie er sorglos mit seinem Surfbrett die Wellen reiten konnte. Kein Dämon folgte ihm. Den nahm ich mit mir fort, oder besser gesagt: Der Dämon nahm mich mit.

Für die Menschen auf Norderney würde „Resi Mertens" immer nur eine kurze Episode bleiben, ein leichtfertiges unbeständiges Mädchen, das sein Studium abbrach, weil es „Bock auf Insel" hatte, und das ebenso willkürlich wieder verschwand, als es ihr auf der Insel zu langweilig oder zu eng wurde, wer konnte schon sagen, was so ein wirres Wesen antrieb, das kam und ging, wie es ihm gerade gefiel, Scherben und gebrochene Herzen zurückließ, ohne sich darum zu scheren.

Sie würden nie erfahren, wie falsch dieses Bild war, wie heimwehkrank ich mich die ganze Zeit über gefühlt hatte, und das war wohl auch der Hauptgrund, warum ich am Ende doch in Insas Auto gestiegen war. Ich wollte nach Hause.

Aber je länger wir in die Finsternis hineinfuhren - der Tacho sank niemals unter 120 Stundenkilometer -, desto klarer wurde mir mein eigenes Schicksal. Ich hatte mich in eine Falle begeben.

„Was ist mit der Familie, die in meinem Haus wohnt?", fragte ich mit bangem Argwohn in die Stille hinein

„Keine Angst, sie leben alle noch. Nette Kinder, klettern in die Kastanienbäume, wie du es früher getan hast." Sie schaute in den Rückspiegel und setzt den Blinker, um einen LKW zu umfahren. „Tja", fuhr sie fort, während sie Gas gab und mit 160 km/h an dem schwerfälligen Riesen vorbeizog. „Um das Haus wirst du dich jetzt selber kümmern müssen und Eigenbedarf anmelden. Wir können ruhig den langsamen Weg gehen, und der Familie die Kündigungsfrist lassen, die ihr zusteht. Wir haben keine Eile, wir müssen sowieso erst einmal eine Reise unternehmen."

„Wohin?"

„Ich erkläre dir alles in Ruhe, wenn wir angekommen sind."

„Wo angekommen?"

„Zuhause. Ich habe eine nette kleine Wohnung gemietet. Sie ist ideal auf unsere Bedürfnisse zugeschnitten."

Klar, was sie meinte. Eine erneute Flucht würde sie nicht riskieren. In meinem Haus war ich im Vorteil gewesen, außerdem hatte ich Ursel gehabt und damit einen bereits sorgfältig geplanten Fluchtweg. Diesmal gab es keine Ursel, keinen Plan, keine kleinen identischen Fensterschlüssel, kein rettendes Terrassendach, kein Loch im Zaun. Ich hatte von Fällen gehört, in denen Menschen jahrelang in einer Wohnung gefangen gehalten wurden. Ich konnte mir Insa leicht als eine Kerkermeisterin vorstellen, die jedes Schlupfloch bedacht hatte. Und niemand würde mich vermissen.

Ich hatte nur ein einziges As im Ärmel. Beim Packen meiner Taschen hatte Insa mich unentwegt beobachtet, und meine Handtasche mit Brieftasche und Geld an sich genommen. Aber ich hatte ihr eine fast leere Geldbörse und eine alte Brieftasche gegeben. Meine eigentlichen Papiere trug ich am Körper seit meinem ersten Tag auf der Insel. Papiere und Geld. Auch dies war ein Hinweis in Ursels Brief gewesen. Auf alles gefasst sein, bereit zur Flucht. Jeden Tag.

„Stört es dich, wenn ich schlafe?", fragte ich sie. Sie musste irgendwann auf Toilette gehen. Immerhin hatte sie im Strandcafé drei Tassen Tee getrunken. Ich schob meinen Sitz in die Schräglage, räkelte mich und ließ nach einer Weile meinen Atem langsam, tief und gleichmäßig klingen. Vielleicht weckte sie mich nicht.

Als sie anhielt und ausstieg, ließ sie mich wirklich im Auto zurück. Ich hörte die Tür des Toilettenhäuschens klicken, öffnete ich hastig die Autotür, stieg aus und rannte los. Was für ein verdammt verlassener, dunkler und stiller Parkplatz! Ich hörte den rauschenden Verkehr auf der A7, kein Auto würde anhalten, niemand nahm hier eine Anhalterin mit. Am Ende des Parkplatzes standen einige LKW, offensichtlich machten die Fahrer die vorgeschriebene Ruhepause. Nur ein Fahrer war in einer erhellten Fahrerkabine zu sehen. Ich stürzte atemlos darauf zu, riss mühsam die hohe Beifahrertür auf. Aus einem bulligen Gesicht starrten mich finstere Augen an. Trotz der kühlen Nacht trug der langhaarige, bärtige Mann nur ein Unterhemd. Tätowierungen schmückten seine muskelbepackten Arme bis zum Handgelenk. Er drehte sich eine übergroße Zigarette. Am Rückspiegel baumelten ein Hanfblatt aus Moosgummi, ein goldenes Kreuz und ein Totenkopf. War ich von dem einen Alptraum direkt in einen anderen geraten? Ich kletterte mit dem Mut der Verzweiflung hoch, schwang mich keuchend auf den Beifahrersitz, riss sofort die Tür hinter mir zu und verriegelte sie, um gleich darauf in den Fußraum zu sinken und mich zusammen zu kauern.

„Hey, was ist falsch mit dir?", schnauzte er mich unfreundlich an. „Raus hier, aber dalli!"

„Fahren Sie los. Schnell. Ich bin auf der Flucht. Sehen Sie in den Rückspiegel. Da kommt eine Frau mit Hut auf uns zu, stimmt es? Sie ist eine Mörderin. Glauben Sie mir. Das ist kein Scherz, keine versteckte Kamera. Geben Sie Gas, sonst sind wir beide in zwei Minuten tot."

Er starrte mich an, dann guckte er in den Rückspiegel, knurrte und zündete sich seine Zigarette an, als habe er alle Zeit der Welt. Nach einem tiefen Zug pustete er den Rauch gegen den Rückspiegel und runzelte nachdenklich die Stirn. Sein Blick fiel erneut abschätzend auf mich.

„Bitte!", flüsterte ich.

Er stöhnte, schlug mit der Faust gegen das Lenkrad. „Warum muss ich eigentlich immer in eine derartig gequirlte Scheiße geraten?"

Endlich drehte er den Schlüssel. Rumpelnd sprang der Motor an. In diesem Augenblick klopfte eine helle Hand heftig und zornig gegen das Fenster der Fahrertür, riss an der LKW-Tür, zerrte sie auf, während das schwerfällige Gefährt sich mühsam in Bewegung setzte, viel zu langsam, viel zu langsam. Ich sah ihr grauenvolles Gesicht schattenhaft in der sich öffnenden Tür, ihren drohenden Blick, der mich fixierte und durchbohrte. Der Hut war ihr vom Kopf geflogen. Die strähnigen Haare waren wirr und legten ihre hohe Stirn frei. Sie sah gespenstisch aus.

„Sofort anhalten", keifte sie dem Mann am Lenkrad in sein Gesicht, das nur wenige Zentimeter von ihrem entfernt war.

Sie stand auf dem Trittbrett, hielt sich mühsam am Außengriff und an der Innenseite der Fahrertür fest. Ich duckte mich aufkreischend tiefer in meine winzige Höhle, ihr aufgerissener Mund erinnerte mich an ein zähnefletschendes Raubtier.

Die Augen starr auf die Fahrbahn gerichtet, brüllte der Fahrer zurück: „Verpiss dich!"

Er ließ die Zigarette fallen, nahm die rechte Hand vom Lenkrad, offensichtlich um sie aus seinem Wagen zu stoßen, aber bevor seine Hand ihr Gesicht erreichte, schnappte sie danach, zog sie mit einem Ruck zu sich und biss hinein. Das Blut spritzte, das Fahrzeug geriet ins Schlingern, er nahm lauthals schimpfend die linke Hand vom Lenkrad, stieß mit dem Ellenbogen heftig in ihr Gesicht, sie flog nach hinten aus meinem Sichtfeld. Ich hörte ihren schrillen Aufschrei. Sie hatte den Halt verloren. Sie musste auf die Straße gestürzt sein. Er zog die Tür eilig zu und verriegelte sie. Während sein LKW an Fahrt gewann, öffnete er sein Fenster, zeigte er der Zurückbleibenden den Mittelfinger, bevor er das Fenster wieder schloss, seine heruntergefallene Selbstgedrehte aufhob und sich einen tiefen Zug gönnte. Die Hand, mit der er die Zigarette hielt, blutete und zitterte. Sein Gesicht war wie versteinert, während er den Blinker setzte und von der Auffahrt auf die Autobahn fuhr, schneller und schneller wurde, dabei immer wieder einen prüfenden Blick in den Rückspiegel werfend.

Es dauert etliche Kilometer, bis ich mich aus meiner Fußraum-Höhle wagte, mich auf den Beifahrersitz setzte, brav anschnallte und „Danke!" murmelte.

„Was - bei allen Höllen - war *das* denn?", stieß er angewidert hervor, ohne wirklich eine Antwort von mir zu erwarten. Entnervt schüttelte er den Kopf. „Horror-Trip... Horror-Trip." Dann verstummte er wieder, lutschte an seiner blutenden Hand und blickte erneut in den Rückspiegel. Kurz streifte mich sein Blick. „Bekomme ich jetzt Tollwut oder werde ich zum Vampir?"

Ich zuckte mit den Schultern, weil ich es wirklich nicht

wusste.

„Was mache ich jetzt mit dir?", fragte er nach einer längeren Zeit des Schweigens. „ Zur Polizei? Das sind nicht gerade meine Lieblingsmenschen. Wäre schön, wenn du mich da heraushältst. Klar, wäre besser, wenn diese verrückte Psychopatin mit der widerlichen Fratze eingesackt wird, aber weißt du, mein Motto ist, leben und leben lassen. Nicht, dass ich damit sonderlich gut fahre, aber nach etwas anderem ist mir nicht. Also: ich lasse dich irgendwo raus. Und dann will ich von der ganzen Geschichte nichts mehr hören, sonst kriege ich Alpträume."

Schließlich einigten wir uns auf Hamburg. Er fuhr mich in die Innenstadt und ließ mich an einer Ampel aussteigen, ich blickte mich angstvoll um, konnte aber nirgendwo Insas Fiat entdecken.

„Uns hat niemand verfolgt", beteuerte mein Retter. „Die wird ne Weile brauchen, bis sie wieder klarkommt."

Vielleicht lag Insa immer noch verletzt auf dem Parkplatz, vielleicht war ihr die direkte Verfolgung zu gefährlich gewesen. Nur eins ist sicher: Sie würde niemals aufgeben. Ich sprang in das erste Taxi, das ich entdecken konnte.

„Bitte fahren Sie los", bat ich und blickte mich panisch im Auto um, überprüfte mit klopfendem Herzen, ob sie auf der Rückbank saß und bereits mit funkelnden Augen auf mich wartete. Inzwischen hielt ich alles für möglich.

Nach zwei Straßenzügen fragte der Fahrer, ein dunkelhäutiger Mann mit dichten Augenbrauen und einem kräftigen schwarzen Schnurrbart: „Junge Frau, Sie müssen schon sagen, wo es hingehen soll."

„Ich weiß es nicht", gab ich ratlos zu, während wir durch die Hamburger Innenstadt fuhren, an Kränen und Hochhäusern vorbei, auf einer breiten Brücke über die Alster hinweg. Die Farben der lebhaften Großstadt, die funkelnden Lichter und schillernden Leuchtreklamen spiegelten sich im dunklen Wasser des Flusses. „Ich habe niemanden. Ich muss einfach nur fliehen. Ich weiß nicht, wohin. Ich bin nirgendwo sicher."

Der Fahrer warf mir einen kurzen Blick zu. „Ich weiß schon, was los ist. Frauen wie Sie habe ich schon öfter gefahren. Ich bringe Sie zum Frauenhaus. Da wird man Ihnen schon helfen."

„Frauenhaus?" Ich zog überrascht die Augenbrauen hoch. „Ich dachte, die Adresse von Frauenhäusern ist geheim…"

„Nicht für Taxifahrer, junge Frau, nicht für Taxifahrer."

Es war drei Uhr morgens, als ich endlich auf einer Klappmatratze lag. Die Mitarbeiterin des Frauenhauses hatte mich notdürftig untergebracht, alle anderen schliefen. Sie hieß Monika, kochte mir eine Suppe und einen Tee. Langsam fiel die Anspannung von mir ab, ich heulte fast eine ganze Stunde lang vor mich hin. Geduldig strich sie mir über das Haar. „Hier bist du sicher", sagte sie immer wieder.

„Nein, ich bin nirgendwo sicher", widersprach ich verzweifelt.

Monika lächelte sanft. Sie kam mir vor wie ein Engel. Ich war einfach nur dankbar für all die Engel, die mich in dieser Nacht gerettet hatten, für den tätowierten LKW-Fahrer, den orientalisch aussehenden Taxifahrer und jetzt die unerschütterliche Sozialarbeiterin.

„Hör zu. Morgen bringt dich eine Mitarbeiterin in ein anderes Frauenhaus. Niemand hier wird wissen, wohin. Von dort aus wirst du dann noch ein weiteres Mal in ein neues Haus gebracht. Wir haben es bisher immer geschafft, die Spuren bedrohter Frauen zu verwischen. Wir werden dich in Sicherheit bringen. Glaube mir."

Türchen Nr. 16

Bernie, der Nerd
Stuttgart, Sommer 2017

Monika behielt Recht. Nach einer Odyssee durch Deutschland verwischten sich meine Spuren, ich wurde ruhiger, geriet nicht mehr in Panik, wenn irgendwo ein Kind ein Kuckuckslied trällerte, und war schließlich bereit, die schützenden Wände der Frauenhäuser zu verlassen, um wieder sesshaft zu werden. Es gab weiterhin Vorsichtmaßnahmen, fast so, als wäre ich in einem Zeugenschutz-programm. Ich besaß kein eigenes Konto, keine Sozialversicherungsnummer, kein Handy und lebte zur Untermiete in einem kleinen Vorort von Stuttgart. Die Mitarbeiterinnen des Stuttgarter Frauenhauses hatten mir ein Zimmer besorgt, für das ich meine Miete in bar bezahlte, in der Pizzeria, in der ich arbeitete, wurde mir das kleine Gehalt ohne große Formalitäten bar ausgezahlt. Ich brauchte nicht viel zum Leben. Diesmal wurde ich Thea Blum genannt. Der Name war mir fremd und ich fragte mich unwillkürlich, auf wie viele Varianten von meinen ursprünglichen Namen „Theresa Born" ich noch würde zurückgreifen müssen. Mich erstaunte dieses Netz aus helfenden Menschen, die alle eingeweiht waren und mitmachten, die seit Jahren Frauen wie mir beim Untertauchen halfen. Ein eingespieltes Team. Ich war nur eine von vielen Gejagten.
Einer von diesen hilfreichen Engeln war Bernie, bei

dem ich zur Untermiete wohnte, der nicht zum ersten Mal einer verfolgten und bedrohten Frau ein Zimmer zur Verfügung stellt. Er tat dies, ohne viele Fragen zu stellen, ganz einfach, weil er selbst einen Teil seiner Kindheit im Frauenhaus verbracht hatte. Noch immer fühlte er sich verbunden mit dem Schutzhaus, in dem er mehrmals mit seiner Mutter einen Unterschlupf gefunden hatte, und stellte deshalb gelegentlich sein Zimmer für „Spezialfälle" zur Verfügung. Die kleine Miete, die er dafür erhielt, brauchte er eigentlich nicht. Er arbeitete für eine große Computer-Firma, Vollzeit von seinem Zimmer aus, er spürte irgendwelche Fehler und eventuelle Sicherheitsprobleme in Programmen und Computersystemen auf, er versuchte gelegentlich relativ erfolglos, es mir zu erklären. Auf jeden Fall lebte er sein Leben in seinem Zimmer oder genauer gesagt an seinem Computer. Nach Feierabend glitt er hinüber in eine seiner zahlreichen animierten Welten, in der er heldenhaft Abenteuer überstand, ohne seinen bequemen Schreibtischstuhl zu verlassen. Danach versank er in Filme oder Hörbücher, die von Elfen, Zauberern, Monstern und von endlosen Kriegen um riesige Königreiche, wertvolle Heiligtümer und von dem ewigen Ringen um das Gute handelten.

Als Mitbewohner erwies er sich als unkompliziert, solange nichts seinen geregelten Tagesablauf störte. Seine Mahlzeiten nahm er grundsätzlich in seinem Zimmer ein. Sein Geschirr durfte ich nicht anzufassen, insbesondere nicht seine Tassen. Er besaß für jeden Wochentag eine eigene Tasse, die ein Königreich oder irgendein Herrschaftshaus aus der Serie „Game of

Thrones" symbolisierte mit Wappen und einem passenden Spruch.

„Das gibt jedem Tag eine besondere Note", erläuterte er.

Zum Ausgleich schenkte er mir eine eigene Tasse, die über und über mit Ranken und Mustern verziert war, aus den geschwungenen Linien wuchsen schillernde Vögel und Flammen. Neben dem Griff stand mit verschnörkelten Buchstaben „You will survive".

„Schenkst du jeder deiner Untermieterinnen eine solche Tasse?", fragte ich neugierig.

„Ja", sagte er. „Die erste war für meine Mutter."

„Wo hast du sie her? Sie sind wunderschön."

„Ich gestalte sie selber", erklärte er und führte mich sein Zimmer. Die ganze Wand hinter seinem Bett war bemalt. Dort trafen sie sich alle: Die Elben und Riesen, Gandalf und Dumbledore, Thor und Batman, Halbgötter, Waldgeister und Dämonenjäger, zahllose kampfbereite Gesichter in heroischen Haltungen, daneben abstruse Gestalten und tierhafte Figuren, die ich nicht kannte und von deren Existenz ich bisher nichts geahnt hatte, die aber dennoch in einem wunderschönen Reigen über zarte Linien, Borten und Verästelungen miteinander verbunden zu sein schienen, als sei alles nur eine einzige Geschichte, ein einziges Spiel.

„Du bist ein Künstler", stellte ich bewundernd fest. „Du könntest Fantasie-Literatur illustrieren. Du könntest berühmt werden."

Er lachte, so dass sein ganzer, massiger Körper wackelte. Dann setzte er sich seine schwarze, runde

Harry-Potter-Brille auf, die er inzwischen für die Arbeit am Bildschirm benötigte, und sank in seinen Computer-Sessel, der unter seinen Gewicht sanft nach hinten schwang.

„Kein Bedarf. Ganz sicher will ich nicht berühmt werden, nicht in der Welt da draußen. Du weißt es doch selber, Thea. Da draußen herrschen die Orks, und wir sind immer nur die kleinen Hobbits."

Dann legte er die Hand auf seine Maus, sein Blick versank in seinen Bildschirm, und ich blieb meinem eigenen Schicksal überlassen.

In meiner überflüssigen, freien Zeit wanderte ich durch umliegende Wälder und an weitgestreckten Feldern entlang. Die Einsamkeit war mein ständiger Gefährte, mein Leben eine ewige Warteschleife geworden. Sollte ich auf alle Zeit in einer Pizzeria arbeiten, von der Hand in den Mund leben, mich verstecken, so tun, als würde ich nicht existieren?

Ja, so schnell ging es: Man vergaß den Horror und stellte wieder Ansprüche, sobald man sich sicher fühlte. Der verzweifelte Wunsch, einfach nur in Sicherheit zu sein, wurde fremd, als sei er Teil einer Welt, die man hinter sich gelassen hatte. Welche trügerische Sicherheit, was für ein waghalsiger Trugschluss, diese Sehnsucht nach Normalität, die Bereitschaft, die Gefahr auszublenden, sobald sie nicht mehr präsent war! Ein Irrtum...

„T-e-s-s-a!"
Eines Nachts wachte ich auf mit dem sicheren Gefühl, gerufen worden zu sein. Ein Traum, natürlich ein

Traum, aber mein Herz pochte. Mich hatte lange niemand mehr „Tessa" genannt. Mit einem Ruck saß ich im Bett aufrecht. Alles war wieder da. Ich stand wieder am Abgrund, rannte über einen regennassen Autobahnparkplatz, stolperte durch meinen eigenen Garten in die Dunkelheit hinein. Mein Verstand versuchte, mich zu beruhigen. Alles war gut. Ich war bei Bernie. Niemand würde mir etwas tun. Ich musste mich einfach nur hinlegen und wieder einschlafen, vielleicht Musik hören oder Pläne für morgen machen…

Sobald ich meinen Kopf ins Kissen zurücklegte, spürte ich den Windhauch vom Flur her und wusste Bescheid. Alles war nur ein Aufschub gewesen. Was auch immer mich verfolgte, hatte mich gefunden. Irgendeine Tür war geöffnet worden. Es war zurückgekehrt. Zu mir.

Bitter schluckend machte ich Licht und stand auf, ging in den Flur, von wo der kalte Windzug herkam. Ich tastete nach dem Schalter. Das Flurlicht ging an, erhellte unsere Garderobe, unsere Schuhablage. Mein Blick ging zur Wohnungstür.

Sie stand offen, gab den Blick frei in das dunkle Treppenhaus.

Entsetzt schnappte ich nach Luft. Was war hier los? Was war mit - Bernie? *„Hallo, Tessa, ein gutgemeinter Rat: vielleicht solltest du dir besser keine Freunde anschaffen…"* Die plötzliche Erinnerung an Insas Zeilen glich einem Peitschenhieb. Oh nein. Oh nein! Manches durfte einfach nicht geschehen, es gab Menschen, denen durfte einfach nichts geschehen! Ich riss seine Zimmertür auf, schaltete das Licht an, aber der

Computersessel war leer, dunkel der Bildschirm.

„Bernie!", schrie ich. „Bernie!"

Vom Hochbett aus schob sich ein Kopf mit zerzausten Haaren über den Rand. Mein Mitbewohner blinzelte aus winzigen, müden Augen. „Thea, wasnlos?"

„Die Wohnungstür – sie steht offen. Jemand ist hier. Ich weiß es."

„Thea, nicht heute, nicht jetzt. Geh schlafen. Bitte. Alles ist gut. Glaube mir. Geh schlafen."

Er sank zurück nach hinten. Ich hörte seinen schweren Atem.

„Bernie. Ich habe Angst."

Wieder erschien sein Gesicht am Rand des Hochbetts. Jetzt waren seine Augen wacher, und er flüsterte mit angestrengter Stimme.

„Hör zu, Thea. Ich habe die Wohnungstür aus Versehen aufgelassen, als wir nach Hause kamen. Ich habe online jemanden kennengelernt. Heute war das erste Date. Ich habe sie mitgebracht. Verstehst du? Ich habe ein süßes Mädchen hier an meiner Seite. Schlechter Augenblick für Panik-Attacken... Ich bin echt müde. Wir haben nicht viel geschlafen. He, Thea, wir reden morgen über alles. Okay?"

„Tut mir leid", flüsterte ich beschämt zurück. „Tut mir echt leid, Bernie. Es war nur..."

„Schon gut!" Sein Gesicht verschwand. Ich hörte sein Schnaufen, irgendeine schnurrende Mädchenstimme raunte etwas, leises Gekicher, Bewegung in den Kissen. Ich löschte das Zimmerlicht, trat in den Flur, schloss Bernies Zimmertür behutsam hinter mir.

Fast lautlos kehrte ich in mein Zimmer zurück, fast

lautlos fing ich an zu packen. Verzweifelt rang ich mit dem drängenden Wunsch, die von Bernie gestaltete Tasse mitzunehmen als einen Talisman, als ein Versprechen, aber ich konnte es nicht riskieren, unnötigen Lärm in der Küche machen. Mir war weder nach Erklärungen, fruchtlosen Diskussionen noch nach komplizierten Abschieden zumute. Ich wusste nur eines: Hier war ich nicht mehr sicher – und wenn ich trotzdem blieb, war Bernie es auch nicht.

Wieder trug ich meine All-Wetter-Jacke und meine Winterschuhe, wieder hatte ich nur meinen Rucksack, meine Papiere, Geld, das Allernötigste. Zum Glück hatte mein Vater dies früher auf langen Wanderungen mit mir trainiert: Genügsam zu sein und mit dem Wesentlichen auszukommen. Das Wesentliche war nicht viel. Ich ging hinaus durch die immer noch geöffnete Wohnungstür, leise stieg ich das Treppenhaus hinunter, ohne Licht zu machen, schloss die Haustür langsam, fast geräuschlos auf und trat hinaus ins Ungewisse.

Ein Abend im November
Hannover, Herbst 2017

Am Bahnhof sah ich mir die Abfahrtszeiten an. Wohin sollte ich jetzt noch fahren? Was konnte mein nächster Anlaufpunkt sein? Ich hatte niemanden, an den ich mich wenden konnte, kein Ort mehr, keine Idee. Mein Blick fiel auf ein Sommerferien-Angebot, ein Deutschland-Ticket. Damit konnte man zu einem Pauschalpreis vier Wochen lang mit Regionalzügen quer durch sämtliche Bundesländer von einer Station zur nächsten fahren.

Ich griff zu und kaufte es mir.

In den folgenden Wochen wurden die Zugabteile mein Schlafzimmer, ich duschte in Schwimmbädern, wusch meine Kleidung in Waschsalons, ernährte mich von Brot, billigem Käse und Bananen. So versuchte ich, mein Geld zu strecken. Aber es reichte nicht. Die vier Wochen gingen vorüber. Ich kam mir verwahrlost und verloren vor, sehnte mich nach einem Bett, träumte jede Nacht von meinem Zuhause, die Einsamkeit wurde langsam zu einer Schlinge, die sich zuzog. Ich konnte so nicht weitermachen. Ich brauchte wieder Wurzeln, ein Zuhause, eine Perspektive, ein Ziel, eine Zukunft. Obwohl mich Insa nicht fand, überkam mich dennoch das Gefühl, von ihr besiegt worden zu sein.

Meine letzte Zugfahrt führte mich nach Hannover. Ich

suchte die Wohnung von Herrn Wallenstein auf, der mein zurückgelassenes Leben verwaltete, aber er war unbekannt verzogen. Zum Glück hatte seine Nachmieterin einen kleinen Schlüssel für ein Bankschließfach, den sie mir aushändigte, nachdem ich mich ausgewiesen hatte.

„Merkwürdige Geschichte", sagte sie und guckte mich abschätzend und zugleich erwartungsvoll an, als wollte sie gerne mehr erfahren über mich, Herrn Wallenstein und diese obskure Schlüsselübergabe.

„Ja, stimmt", sagte ich und verabschiedete mich. Sie hatte ja Recht. Ich fand mein ganzes Leben äußerst merkwürdig.

Das Bankschließfach beinhaltete zum Glück alles, was ich erhofft hatte. Jetzt war ich wieder Hausbesitzerin und verfügte über ein üppiges Konto, auf dem über viele Monate hinweg die Mieten eingeflossen waren, wie auch der Erlös aus dem Verkauf der Möbel und der Musikinstrumente.

Herr Wallenstein hatte alle Einnahmen korrekt aufgelistet und überwiesen, er hatte ganze Arbeit geleistet. Über die Hausverwaltung meldete ich Eigenbedarf für mein Haus an. Die Familie, deren Kinder in meinen Kastanienbäumen herumkletterten, hatte ein halbes Jahr Zeit, ein neues Heim zu finden. Solange kam ich in einem möblierten Zimmer unter und lag dort stundenlang grübelnd in der Badewanne oder im Bett herum. Es gelang meinen Mietern schon nach vier Monaten, ein entsprechendes Haus zu finden. Ich beauftragte ein Umzugsunternehmen, schob die Kartons, die all die vergangenen Monate über eingelagert gewesen waren, ungeöffnet in ein leeres Zimmer, richtete mein Schlafzimmer, das Wohnzimmer und die Küche spartanisch ein. Ich hatte in den letzten Monaten nicht viel benötigt. Ich brauchte auch jetzt nicht viel.

Es war inzwischen November geworden. Ich hatte wieder ein Zuhause und den festen Vorsatz, mich nie wieder zu verstecken. Nicht einen einzigen Augenblick gab ich mich der Illusion hin, Insa könne mich aufgegeben haben. Sie würde kommen. Es war nur eine Frage der Zeit.

Aber diesmal war ich vorbereitet.

Mein Schlafzimmer ließ sich jetzt von innen verriegeln. Ich hatte ein Notrufsystem, über das ich jederzeit die Polizei alarmieren konnte, das Dach über der Terrasse war mit Stacheldraht gesichert, an meinem Schlafzimmerfenster waren Metall-Rollos angebracht. Ich hatte ein Messer. Ein ordentliches Messer, so eines, wie mein Vater es früher bei unseren mehrtägigen Wanderungen mitgenommen hatte. Diese Waffe trug ich ständig am Körper. Ich war nicht mehr länger bereit, ein Opfer zu sein. Es reichte.

An einem Abend kam es über mich und ich versuchte, Mandy zu erreichen, nur um zu überprüfen, ob alles okay war, ihre Mutter erzählte mir, das Mädchen befinde sich im Ausland. Sie habe vor dem Studium noch etwas von der Welt sehen wollen. Erleichtert legte ich das Telefon auf die Station zurück.

Sonst nahm ich zu niemandem Kontakt auf, über eine Ausbildung oder einen Job dachte ich gar nicht nach.

Ich musste erst dieses Kapitel abschließen, musste den Horror hinter mir lassen, sonst würde Insa mein ganzes Leben vergiften.

Es ist ein klarer Herbstabend, als ich nach einem ausgiebigen Einkaufsbummel nach Hause zurückkehrte und Licht in der Küche sah. Sofort wusste ich: Der Tag X war angebrochen. Sie war wieder da. Sie wartete dort auf mich.

Ich holte tief Luft und schloss die Haustür auf, trat in den Flur. Die Türen zum Wohnzimmer und zur Küche waren geschlossen, aber ich hörte Geklapper von Geschirr und Töpfen durch die Küchentür. Ich stellte meine Einkaufstüten in den Ohrensessel. Es war fast wie früher. Meine Hand tastete nach dem Messer, während ich die Küchentür aufschiebe. Sie stand bleich und aufrecht am Herd, hinter ihr klapperten Topfdeckel, es zischte in einer Pfanne. Sie hatte sich meine Schürze umgebunden, meine Topflappen in der Hand.

„Hallo, Tessa!"

Ohne sie aus den Augen zu lassen, ging ich langsam näher bis zu Küchentisch, zog mir einen Stuhl heran und setzte mich so, dass der breite Küchentisch wie ein Sicherheitsabstand zwischen uns stand. Ich musste mich leider hinsetzen, obwohl es nicht unbedingt eine vorteilhafte Position war. Meine Beine zitterten unkontrollierbar.

„Du lässt einen ja ganz schön warten, Shopping-Queen. Ich habe im Wohnzimmer für uns gedeckt. Sogar die Kerzen sind schon angezündet. Heute haben wir einen

Grund zum Feiern."

Ich schluckte. Mein einziges Ziel war, dies alles zu beenden. „Was willst du von mir, Insa Albu?"

„Was ich früher schon wollte: mit dir zusammen leben. Ich will es immer noch. Aber du bis einfach dauernd davongelaufen. – Resi Mertens - Thea Blum - Was für schwachsinnige Namen."

Sie stellte die Platten am Herd aus, schüttete die heißen Bohnen in eine altmodische Schüssel, die noch von meiner Mutter stammte, holte die Gemüsefladen aus der Pfanne, legte sie auf eine Platte und deckte sie sorgsam mit Alufolie ab. Noch einmal schmeckte sie mit einem konzentrierten Blick die Soße ab, dann schaute sie prüfend in den Backofen.

„Der Gratin braucht noch ein paar Minuten. Die Zeit können wir zum Reden nutzen, wir sollten das, was gewesen ist, hinter uns alles. Sonst verdirbt es uns das Essen. Wir müssen endlich mit diesen ewigen Missverständnissen und Verdächtigungen aufhören."

Sie band sich die Schürze ab, ließ sie über die Rücklehne eines Küchenstuhls fallen und setzte sich mir gegenüber.

„Um es kurz zu machen: Das war nicht nett, Tessa, einfach mitten in der Nacht abzuhauen und mir die Pointe zu versauen. Ich hätte dir so gerne am Frühstücktisch demonstriert, wer das süße Mädchen neben Bernie war, dort oben auf dem Hochbett. Das hat mich ganz schön wütend gemacht, so ausgetrickst zu werden. Da musste ich deinen dicken Mitbewohner in kleine, fette Scheiben schneiden. Ziemlich blutige Angelegenheit. Diesmal habe ich ziemlich viele Spuren

118

hinterlassen. Diesmal war ja auch klar, dass es nur diese mysteriöse, durchgeknallte Thea Blum gewesen sein konnte, die in der Nacht geflohen ist. Die Polizei sucht dich, Thea Blum."

Ich schüttelte langsam den Kopf. „Nein, Insa, du lügst. Sie hätten mich längst gefunden. Ich werde nicht gesucht. Ich telefoniere jeden Sonntag mit Bernie, immer um 18 Uhr. Es geht ihm gut. Ich verspreche dir, ich gehe nur für einen einzigen Mord ins Gefängnis: Für den Mord an dir."

Ich zog mein langes, gut geschliffenes Messer aus der Hose und legte es vor mich auf den Küchentisch, ohne es loszulassen.

„Mach dich nicht unglücklich", entgegnete Insa, ohne mit der Wimper zu zucken. „Ich meinte das mit Bernie nicht ernst. Das war natürlich Sarkasmus. Ich bin keine Killerin. Und *du* könntest nicht einmal ein Kaninchen erlegen. Diese Melodramatik steht dir nicht. Lass uns sachlich bleiben."

„Du glaubst nicht, wozu Menschen fähig sind, wenn sie keine andere Wahl haben. Aber bleiben wir ruhig sachlich, wenn du das möchtest. Hier ein paar Informationen: Ich bin über einen Notruf mit der Polizei verbunden. Ich kann sie jederzeit alarmieren. Bei einem Anwalt liegt eine ausführliche Beschreibung der Vorfälle und ein beglaubigtes Gutachten, das deutlich macht, wie gut mein Verstand funktioniert. Diesmal wirst du die Beamten nicht auf deiner Seite haben."

Insa pfiff leise. „He, du bist besser geworden. Das freut mich. Deine Naivität war manchmal echt schwer zu ertragen. Aber wenn du schon so schlau geworden bist, dann höre endlich auf, mich für eine Mörderin zu halten. Hast du in der Nacht in Stuttgart gewusst, wer neben Bernie im Hochbett liegt?"

„Nein, erst als er dich am Telefon beschrieben hat. Manchmal vermisst er noch die geheimnisvolle, blasse Elbenfrau, die ihn eine Nacht lang verwöhnt hat, aber er wird darüber hinweg kommen."

„Siehst du, Ich habe deinem kostbaren Bernie kein Haar gekrümmt und auch sonst niemandem. Eine Zeitlang wollte ich dich ganz für mich allein haben. Das stimmt. Das war ein Fehler. Menschen, die selber schwer Freunde finden, neigen zu solchen Überreaktionen. Aber ich habe daraus gelernt. Die Reise, die ich eigentlich gemeinsam mit dir unternehmen wollte, habe ich nun allein gemacht. Ich habe dir etwas mitgebracht."

„Lass mich in Ruhe. Hau ab."

„Ein Geschenk, Tessa, ein Geschenk. Ich dachte, es ist an der Zeit, dir mal wieder etwas zu schenken. Schließlich bin ich deine Freundin. Es ist im Wohnzimmer. Du kannst gucken gehen. Ich hole derweil den Gratin aus dem Ofen, sonst brennt er noch an."

Sie stand auf und wandte sich zum Herd.

„Ich will kein Geschenk von dir!", stieß ich hervor. Plötzlich klopfte mein Herz. Die alte Panik kroch langsam in mir empor. Ich hörte selber, wie meine Stimme zitterte. „Ich will, dass du gehst."

Ich fühlte mich überrumpelt von der plötzlichen Wendung des Gespräches. Von was für einem grauenhaften Geschenk sprach sie? Womit drohte sie mir?

Mandy!

Es fuhr mir durch Mark und Bein. Ich hatte doch noch etwas zu verlieren. Insa hatte das Telefon abgehört und dadurch meinen letzten wunden Punkt ausfindig gemacht. Robins kleine Schwester saß dort im Wohnzimmer. Gefesselt, verletzt, tot? Insa stellte die dampfende Auflaufform auf die Herdplatte und drehte sich wieder zu mir um.

„Hör zu, Tessa, schau es dir einfach an. Wir machen einen Deal: Wenn du sagst, du willst es nicht, dann verlasse ich für alle Zeit dein Leben und kehre nie wieder zurück. Es ist nicht schwer: Du guckst, sagst ‚Nein, Danke' und das Spiel ist aus. Du bist frei. Für alle Zeit. Das ist doch fair, oder?"

Ich erhob mich und hielt das Messer fest umklammert. Das war eine Falle, ich wusste es. Es war höchste Zeit, die Polizei zu rufen. Aber wenn Mandy dort hockte, dann musste ich sie befreien, ich musste zu ihr, sie beschützen, sie war alles, was ich noch hatte.

Ich ging aus der Küche, ohne Insa aus den Augen zu lassen. Sie stand mit dem Rücken zu mir und bewegte sich nicht. Mit langsamen, zögernden Schritten ging ich auf die Wohnzimmertür zu. Nie war mir ein Gang so schwer gefallen. Ich schluckte trocken. In meinem Mund war kein Tropfen Flüssigkeit mehr. Ich presste die Lippen aufeinander, um das Widerstreben zu überwinden, um die Angst zu bewältigen, während ich die Hand auf die Klinke legte, sie nach unten drückte und die Wohnzimmertür aufschob. Ich war in meinem

Leben schon viele schwierige Wege gegangen und hatte zahllose Türen geöffnet. Noch bei keiner Tür war meine innere Abwehr so groß gewesen, als raunten tausend Stimmen in mir: Öffne sie nicht, flieh!

Dennoch schob ich sie weiter auf, noch ein Stück und noch ein Stück.

Insa hatte wirklich festlich gedeckt: Eine weiße Decke, das Besteck auf gebügelten Stoff-Servietten, daneben funkelnde Weingläser. Die Kerzen verbreiteten ein romantisches Licht im Halbdunkel des Wohnzimmers. Drei Stühle standen erwartungsvoll um den Tisch herum, einer davon war bereits besetzt. Jemand blickte mich an. Ich erstarrte.

Eine Flut von Gefühlen strömte durch mich hindurch, pochte durch meine Adern, Schrecken, Zweifel, Hoffnung und alles überlagernd: Fassungslosigkeit, erschreckende, bohrende Fassungslosigkeit, als würde der Boden sich öffnen und mich verschlingen wollen.

Das Messer glitt aus meiner Hand und blieb im Parkett stecken. Nur ein Wort stolperte schließlich rau und gebrochen über meine Lippen.

„Papa?"

Dinner bei Kerzenschein
Hannover, Herbst 2017

„Tessa?"

Die Stimme meines Vaters. Sein Gesicht, etwas schmaler und blasser als früher, die lockigen Haare, der Vollbart, der seine Lippen verdeckte, merkwürdig ergraut, aber vor allem war es das Licht in seinen Augen, das ich wiedererkannte, das meine ganze Kindheit erhellt hatte. Er streckte die Arme aus, vorsichtig, schüchtern fast, ich flog hinein und wurde im nächsten Augenblick umfangen und gehalten von etwas ganz Vertrautem, Wellen der Erinnerung durchfluteten mich.

„Eine Frau, eine wunderschöne junge Frau, meine kleine Tessa", flüsterte es ganz nah an meinem Ohr. Eine Frau, ja, das stimmte, aber dennoch saß ich auf seinem Schoß und weinte wie ein Kind. Es dauerte eine ganze Weile, bis ich mich beruhigte, dann rutschte ich auf einen Stuhl neben ihn, hielt seine Hand umklammert, als könne irgendein Windstoß ihn mir wieder entreißen.

„Du lebst", stellte ich mit heiserer Stimme fest. In dieser knappen Feststellung schwangen all die Zweifel und Fragen mit, die mich bewegten, all das Staunen über dieses unerwartete Wedersehen.

„Ich lag im Koma. Deine Freundin Insa hat mich gefunden und gerettet."

Als habe sie auf ihr Stichwort gewartet, trat Insa durch die geöffnete Wohnzimmertür mit einer geöffneten Flasche Wein. „Ich sagte doch, wir haben einen Grund zum Feiern!"

Langsam ließ sie den Wein in die langstieligen Gläser hineinfließen, reichte sie an uns weiter, hob ihr eigenes an. Wir folgten ihrem Beispiel, die Gläser klirrten leise aneinander.

„Auf einen neuen Anfang", sagte Insa feierlich. „Lassen wir die dunklen Tage hinter uns."

Wir tranken artig einen Schluck und setzten die Gläser ab.

„Jetzt hole ich das Essen", verkündete die blasse dämonische Frau. Sie lächelte fratzenhaft mit sichtlicher Genugtuung. Sie, die mich seit Monaten jagte und verfolgte, servierte nun in meinem Wohnzimmer Wein und Essen, als sei nichts selbstverständlicher. Was ging hier vor?

Ich umklammerte fest die Hand meines Vaters. War er ein Trugbild? Ein Doppelgänger? Beruhigend, als könnte er meine Gedanken lesen, neigte mein Vater sich zu mir hinüber, strich meine Locken zur Seite und küsste mich mit unsagbarer Zärtlichkeit auf die Stirn.

„Ich bin es, Tessa. Ich bin es wirklich. Gib uns etwas Zeit. Ich lag sehr lange im Koma. Niemand kannte meine Identität. Ich wurde versorgt, gepflegt, ernährt, bis Insa Albu mich fand und … heilte. Ich bin erwacht und habe einige Zeit gebraucht, bis ich mich an mich selbst erinnern konnte, bis ich wieder zu Kräften kam, meine Füße wieder laufen und meine Hände wieder greifen konnten. Ich war dafür in einer Spezial-Klinik.

Insa hat mich dort immer wieder besucht und mir von dir erzählt, von dem Tod deiner Mutter, auch von Deinen Ängsten und Verdächtigungen, dass du Insa seitdem jedes Mal für eine Mörderin hältst, sobald irgendeine Erkrankung in deiner Umgebung auftaucht, von deiner Angewohnheit, meine süße Kleine, ausgerechnet immer dann vor ihr zu fliehen, wenn sie dich gerade zu mir bringen wollte…"

Mein Blick wanderte langsam zu Insa hinüber, sie schnitt hingebungsvoll ein Stück von ihrem Gemüsefladen ab und tunkte es in die helle Soße. So also sollte es gewesen sein?

„Hat sie dir auch von Ursel erzählt?", fragte ich.

Mein Vater nickte. „Oja, ich erinnere mich selbst ganz gut an die Freundin deiner Mama. Die Meisterin der absurden Theorien! Sie konnte schon immer die Wirklichkeit verdrehen, bis man ihr alles abnahm und selber daran glaubte… Sie hatte immer ein Talent, das Leben anderer durcheinander zu bringen…" Er schüttelte den Kopf, in Erinnerungen versunken. „Deine Mutter und sie…" Er seufzte, als würde ihm das viele Reden lästig werden. Plötzlich sah er müde aus. Schließlich fuhr er fort. „Sie hat deine Mutter davon überzeugt, dich nicht mehr mit mir allein in die Berge zu lassen. Immer wollte Ursel dich beschützen… Vielleicht, weil sie selber keine Kinder hat…"

Ich blieb stumm und häufte mir ein paar Bohnen auf den Teller. Mir war alles andere als nach Essen zumute, aber ich musste meine Gedanken sortieren, ich musste Zeit gewinnen. Irgendetwas stimmte hier nicht.

„Warum hast du Ursels Buch vor mir versteckt, Insa?",

erkundige ich mich argwöhnisch.

Insas heller Blick fixierte mich. „In diesem Punkt hatte Ursel leider Recht, Tessa. Das gebe ich zu. Ich hätte von Anfang ehrlich sein müssen, aber weißt du, ich habe eine furchtbare Kindheit hinter mir, ich war immer allein, ich hatte immer Angst, dich als Freundin zu verlieren und habe gerade dadurch alles zerstört...Ja, es stimmt, ich bin die junge Frau, von der in diesem letzten Kapitel die Rede ist, aber im Grunde hatte ich nichts mit diesen Leuten zu tun. Ich war eine junge, leidenschaftliche Forscherin in Südamerika, genau wie das Geschwisterpaar Albu. Sie haben sich meiner angenommen, sie gaben mir ihren Namen, damit ich mit meiner Herkunftsfamilie endgültig brechen konnte, ermöglichten mir, nach Europa zu kommen... Ich hatte nie vorgehabt, bei ihnen zu bleiben. Sie waren mir unheimlich. Trotzdem haben wir eine Zeitlang zusammen geforscht. Wir haben an Möglichkeiten zur Behandlung von Koma-Patienten gearbeitet. Unsere Methode ist hierzulande leider verboten, ansonsten könnte sie vielen Koma-Patienten helfen. So wie deinem Vater. Ich muss zugeben, dass mein Vorgehen an seinem Krankenbett heimlich, ohne Kenntnis des Pflegepersonals von statten ging und nicht ganz legal war, aber der Erfolg heiligt die Mittel, oder nicht?"

Während sie zu meinem Vater hinüberschaute, fiel mir ein Satz ein, den sie vor sehr langer Zeit zu mir gesagt hat: *„Christopher Born, man könnte sich in ihn verlieben."*

Sie musste es damals schon gewusst haben. Sie hatte sich damals, am Anfang unseres gemeinsamen

Geschichtsstudiums meine Trauer angesehen, mich getröstet und gewusst, dass mein Vater lebte.

Als könne sie meinen stummen Vorwurf hören, wandte sie sich wieder mir zu. „Ich hätte dich früher einweihen können, aber ich wollte erst sicher gehen, dass Chris sich erholt. Ich wollte dir den Verlust nicht ein weiteres Mal zumuten. Da waren wir uns einig, Chris, oder?"

„Mhm, ja", stimmte mein Vater etwas zögerlich zu, schob seinen Teller schnaufend von sich, wischte sich den Bart mit der Serviette sauber. „Danke, Insa, das war sehr gut. Es ist so unglaublich schön, wieder zu Hause zu sein. Ich denke, ich könnte in das alte Arbeitszimmer ziehen, oder hast du damit andere Pläne, Tessa? Ich will dir hier nichts durcheinander bringen… Ich kann auch erst einmal in eine Pension gehen, wenn du dich überrumpelt fühlst… Ich weiß nicht, es ist bestimmt alles viel zu plötzlich für dich. Ich bin zu schnell, zu voreilig, bitte, habe Verständnis: Ich habe mich schon so lange auf diesen Augenblick gefreut, so lange darauf gewartet, davon geträumt. Manchmal dachte ich, es würde schon allein deshalb nie Wirklichkeit werden, weil ich es mir zu sehr herbeisehne."

Ich schüttelte entsetzt den Kopf. „Natürlich bleibst du! Ich gebe dich nicht wieder her! Allerdings habe ich weder das Arbeitszimmer, noch Mamas Zimmer bisher eingerichtet. Sie stehen voller Kartons, die ich noch nicht ausgepackt habe. Das Haus war für mich allein ganz schön groß und leer."

„Mache dir um Möbel keine Sorgen", beruhigte Insa mich eifrig. „Ich besitze genug davon. Vielleicht könnte ich mir ja das Zimmer deiner Mutter zurechtmachen? Was haltet ihr davon? Ich habe das Alleinleben so satt."

„Ich finde, das ist eine wundervolle Idee", nickte mein Vater und griff nach der Weinflasche, goss erneut unsere Gläser voll. „Ich habe dir so viel zu verdanken, Insa. So unendlich viel. Du hast mich zu meinem Mädchen zurückgebracht." Er hielt meine Hand fest in seiner, während er trank. Dann setzte er das Glas ab. „Die Sehnsucht nach dir hat mich fast den Verstand gekostet, Tessa. Ich glaube, ich könnte den Rest meines Lebens einfach in einem Sessel sitzen und dich betrachten. Das würde nie langweilig werden."

„Doch", sagte ich lächelnd. „Das würde es. Aber dir wird bestimmt auch noch etwas anderes einfallen."

Plötzlich hatte ich eine Familie. Nach all den Monaten der panischen Flucht, nach all der Trauer, den schmerzlichen Verlusten, den Ängsten, der Einsamkeit, - lebte ich ausgerechnet mit den zwei Menschen zusammen, mit denen ich wahrlich am wenigsten gerechnet hätte. Schon in der ersten Nacht blieb Insa ebenfalls in meinem Haus, schlief in meinem Zimmer, während ich mich auf eine Klappmatratze vor das Sofa legte, auf dem mein Vater schlief, ich musste in der Nacht immer wieder nach seiner Hand greifen, sonst glaubte ich mir selber nicht, ständig hatte ich Angst, alles nur geträumt zu haben. Dann wieder wurde ich wach, weil ich spürte, wie mir jemand zärtlich über das Haar strich und hörte, wie die Stimme meines Vaters verlegen „Tschuldigung" murmelte. Ich öffnete die Augen und lächelte.

Ein fast ehrfürchtiges Staunen und Wundern, eine stille Seligkeit schwebte in der ersten Zeit über dieser absonderlichen Wohngemeinschaft. Schon am nächsten Morgen schleppten wir die Kartons in den Keller. Insa lieh einen Wagen und richtete mit ihren Möbeln die beiden leeren Zimmer ein, voller Enthusiasmus, fast übermütig. Ich ließ alles geschehen, den Blick immer auf meinen Vater gerichtet, bis die Angst, er könne sich jeden Moment vor meinen Augen in Luft auflösen, langsam nachließ, bis mein Verstand wieder anfing zu arbeiten, bis sich hinter der fast trunkenen Glückseligkeit erneut das Unbehagen meldete.

Eine ganz leise Stimme flüsterte mir zu, etwas könne hier nicht stimmen, ganz und gar nicht. Manchmal kam ich mir vor, als spielte ich eine Rolle in einem Film. Mein Vater und ich machten den Garten winterfest, holten den Stacheldraht vom Terrassendach, gruben die Dahlien aus, beschnitten die Bäume. Dann stand Insa mit ihrer Küchenschürze auf der Terrasse, rief, das Essen sei fertig. Wir setzten uns an den gedeckten Tisch, es dampfte aus den Töpfen. Mein Vater sprach davon, was alles am Haus getan werden müsse, wir machten Pläne, wir lobten das Essen, es war wie ein Spiel. Wir waren Figuren in einem Bilderbuch.

Nebenher gab es unzählige Formulare auszufüllen und Ämtergänge zu bewältigen. Es war gar nicht so einfach, jemanden, der tot war, juristisch wieder zum Leben zu erwecken. Meine eigenen Ersparnisse waren aufgebraucht. Mein Vater bekam keine Rente. Letztendlich lebten wir von Insas Geld, ohne dass jemand ein Wort darüber verlor.

Im Dezember begann Insa, das Haus weihnachtlich zu schmücken. Plötzlich hingen überall gelockte Engel und silberne Sterne, künstliches Tannengrün umrankte jeden Türrahmen, verziert mit knallroten Schleifen, goldenen Glöckchen, hüpfenden Rentieren und knollnasigen, dicken Weihnachtsmännern. Für jeden von uns hatte sie einen selbstgebastelten Adventskalender aufgehängt, bestehend aus vierundzwanzig kleinen rotweißkarierten Täschchen, jedes mit einem grünen Samtband zugebunden. Wir fanden jeden Morgen eine kleine Aufmerksamkeit, einen Kugelschreiber mit unserem Namen, eine Süßigkeit, ein Likörfläschchen, eine Seife mit unserem Lieblingsduft.

Am Wochenende backte sie Weihnachtskekse. Es roch nach Zimt, Vanille und Schokolade im ganzen Haus. Montagnachmittag zog sie sich mit glänzenden Augen ihren fellbesetzten Wintermantel über, hängte sich eine schwarze Lackhandtasche über und griff nach ihren eleganten Lederhandschuhen.

Vor dem Abendessen sollten wir nicht mit ihr rechnen. Sie wollte Weihnachtseinkäufe machen.

Kaum hat sie das Haus verlassen, schlüpfte auch mein Vater wortlos in seine Schuhe und zog sich den Mantel über.

„Wo willst du hin?", fragte ich überrascht.

„Komm mit", bat er ernst. „Ich muss mit dir auf den Friedhof gehen."

Wir gingen, ohne viel miteinander zu reden. Die letzten Jahre hatten ihn schweigsam gemacht und mich ebenfalls. Das alte, rostige Friedhofstor öffnete sich knarrend. Langsam wanderten wir zwischen den Grabsteinen entlang. Ich hatte mich bei ihm eingehakt, hin und wieder lehnte ich mich an ihn. Er kam mir kleiner vor als früher. Ich konnte meinen Kopf auf seine Schulter legen. Vor Mutters Grab blieben wir stehen. „Manuela Born" stand dort. Darunter das Geburts- und Sterbedatum. Ein schlichter Stein. Ich sammelte das trockene Laub ab und zupfte an der weißen Winterheide herum. Mein Vater stand wie versteinert da.

„Sie ist im November 2014 gestorben", stellte er tonlos fest.

„Ja", bestätigte ich. „Die Krankheit brach kurz nach ihrem Geburtstag aus. Es ging dann erschreckend schnell."

„Insa Albu war im Sommer 2014 bei mir. Da müsst ihr Semesterferien gehabt haben. Sie zeigte mir Bilder von dir. Erzählte von dem gemeinsamen Studium. Ich wollte sofort Kontakt zu dir, dich anrufen, dir schreiben, mailen, skypen. Sie sagte, ich solle noch warten, du seist sehr labil, psychisch nicht belastbar, weil...weil deine Mutter gerade gestorben sei. Tessa, das war also vier Monate, bevor die Krankheit überhaupt ausbrach, Manuela lebte zu diesem Zeitpunkt, war gesund, und Insa Albu sagte trotzdem zu mir, Manuela sei tot. Ich sei Witwer, ich hätte keine Chance mehr, meine Frau jemals wieder zu sehen."

Ich schluckte.

Er legte den Arm um mich und führte mich zu einer Bank.

„Ich muss dir etwas zeigen, Tessa. Ich wollte dich eigentlich schonen. Aber ich brauche deine Hilfe, um zu verstehen, was hier eigentlich passiert."

Er öffnete seinen Mantel, zog seinen Pullover hoch und zeigte mir eine gezackte Narbe, die quer über seine linke Brust ging. Er schob den Pulli wieder hinunter und seufzte. „Auf dem Rücken ist das Gleiche", erläuterte er. „Als sei irgendetwas quer durch mich hindurchgestoßen worden. Kann man so etwas überleben?"

„Was sagen die Ärzte dazu?"

„Ich gehe damit nicht zum Arzt", wehrte mein Vater ab.

„Warum nicht?", fragte ich. „Hast du Angst, etwas Unangenehmes über dich selbst zu erfahren? Vielleicht hast du ein Spenderherz in dir."

Mein Vater schüttelte langsam den Kopf. Sein Blick glitt über die Grabsteine. Der Friedhof sah jetzt – im Winter – verlassen und karg aus. Schwarze Krähen flogen krächzend auf und ließen sich auf den Zweigen der Trauerweide nieder.

„Ich habe Angst, dass *die Ärzte* etwas über mich erfahren. Ich will kein Forschungsobjekt werden."

„Ich verstehe nicht, was du meinst…"

Er seufzte tief. „Tessa, meine Erinnerung kommt lückenhaft wieder. Ich kann mich noch nicht an alles erinnern. Aber ich weiß, dass ich nie im Koma lag. Ich weiß nichts über mein Sterben. Aber ich weiß, ich war tot."

„So fühlte es sich an…"

„Nein, Tessa. Ich weiß, wie es ist, tot zu sein."
Wir starrten uns an. Mir war kalt. Furchtbar kalt. Ich war mir nicht sicher, ob ich wirklich wissen wollte, was er mir zu erzählen hatte.

Türchen Nr. 19

Der Tod und das Leben
Hannover, Herbst 2017

„Ich kann dir den Tod nicht erklären", begann mein Vater. „Weil es dafür keine Worte gibt. Unsere Sprache ist nicht dafür geschaffen, den Tod zu beschreiben. Aber vielleicht kann ich dir mit einem Bild verdeutlichen, warum ich meiner Sache so sicher bin." Er atmete tief ein und fasste sich unter seiner Jacke an die Brust.

„Hast du Schmerzen?", fragte ich alarmiert.

„Ja", gab er zu. „Immer. Aber sie sind unwichtig. Hör zu, Tessa, es gibt nur einen Vergleich, den ich anführen kann, den du vielleicht verstehen kannst. Erinnerst du dich an unsere Wanderungen durch die Wälder?"

„Wie könnte ich das vergessen", murmelte ich.

„Ich habe dir damals oft erzählt, wie ein Wald funktioniert, wie Bäume miteinander funktionieren, verbunden sind, sich gegenseitig tragen, stützen, verdrängen, beeinflussen, nähren und sich gegenseitig am Leben halten. Ich habe dir gesagt, all das, was wir sehen können, sei nur der geringste Teil des Waldes. Das Wesentliche findet unter der Erde im Bereich des riesigen Wurzelwerkes statt. Wir können es weder sehen noch erforschen noch begreifen, aber dort im Verborgenen findet das eigentliche Leben des Waldes statt, wo alles ineinandergreift, einander bedingt, als sei alles ein Organismus."

Er hielt inne, um prüfend zu schauen, ob ich ihm noch folgen konnte. Ich nickte.

„Mit dem Menschen ist es genauso", fuhr er fort. „Das, was wir von einem Menschen sehen oder hören, ist der geringste Teil, was wir hingegen mit unseren Sinnen *nicht* wahrnehmen können, ist das Wesentliche. Das Geflecht, das zwischen allen Menschen existiert, ist verwobener, dichter, vielschichtiger und mehrdimensionaler, als wir es uns jemals vorstellen können. Aber es ist das, was unsere Existenz ermöglicht, der eigentliche Herd unseres Daseins. Wenn wir meinen, ein Baum sei das, was wir im Wald wachsen sehen, wenn wir glauben, ein Mensch sei das, was dort auf der Straße entlanggeht, ist es genau so unsinnig, als würden wir behaupten, die Zunge, die nach der Fliege hascht, sei der ganze Frosch. Aber wenn unser Körper aufhört zu existieren, dann wird dieses dichte Netz des menschlichen Daseins und darüber hinaus des Daseins an sich sichtbar, nein natürlich nicht sichtbar... spürbar... realisierbar – ach, es gibt dafür keine Worte." Mein Vater gestikulierte mit seinen Händen, er suchte fast verzweifelt nach Beschreibungen, immer wieder biss er sich auf die Unterlippe, als wolle er die passenden Formulierungen herbeizwingen, aber seine Augen leuchteten, während er erzählt. Ich folgte seinen Ausführungen fasziniert, nicht, weil ich irgendetwas begriff, sondern weil mich seine Begeisterung berührte.

„Im Tod fließt du in dieses *Alles*, Tessa, du kannst es wahrnehmen, weil es nichts anderes mehr für dich gibt, als dich dorthinein zu verströmen, dorthin, in all das, worauf es ankommt… Es gibt keine Worte, es tut mir Leid, Tessa, ich stammele nur herum. Aber eines kann ich dir mit Gewissheit sagen, von denen, die dies erfahren haben, will niemand mehr zurück. Niemand. Es gibt auch gar keinen Weg zurück. Eigentlich."

„Warum sollte niemand zurückwollen? Die meisten leben doch gerne?"

„Dein Körper ist wie ein undurchdringlicher Turm, der dich umgibt. Du schaust durch einen winzigen Schlitz in die Wirklichkeit, erhaschst einen mikroskopisch kleinen Ausblick auf das, was ist, eben nur so viel, wie du brauchst, um dich zurechtzufinden, um klar zu kommen, eben um zu existieren in den engen Grenzen deiner Spezies. Mit dem Tod fällt der Turm."

„Warum das alles? Wozu soll das alles gut sein? Wenn es wirklich so ist, wie du es beschreibst, dann weiß ich nicht, was das soll…"

„Warum schnappt die Zunge des Frosches nach der Fliege? Damit es weitergeht. Wir erfüllen unser Dasein…"

„Dann ist der Sinn des Lebens also wirklich einfach nur, sich fortzupflanzen?"

Mein Vater schüttelte den Kopf. „Drücke ich mich so missverständlich aus? Ja, das ist der größte Irrtum, dem die Menschen erliegen, dieser Wahn, ein Leben zu bewerten, es an Erfolgen zu messen, diese Idee, etwas erreichen, etwas darstellen, etwas vollbringen oder hinterlassen zu müssen, ein Ziel, ein Sinn… Nein, Tessa, all das ist nur eine Spielerei, wie die Farben der Blumen, die Muster auf dem Fell einer Giraffe, eine

Variation, Teil der Vielfalt. Wir müssen nichts vollbringen. Unser Triumph ist das Dasein selber. Wir wachsen aus der Fülle heraus und verströmen uns dort wieder hinein, wir blühen auf und welken im nächsten Augenblick dahin. Mehr ist es nicht, aber eben auch nicht weniger. Und trotz allem ist dieser kurze Lidschlag des Daseins zugleich *Alles* für uns. So *muss* es sein. Sonst würde es nicht funktionieren…"

„Was würde nicht funktionieren?", fragte ich ratlos.

Er seufzte und strich mir die Locken aus dem Gesicht, streichelte meine Wange. „Vergiss meine Worte. Es ist nicht wichtig. Manchmal verschwimmen in meinem Geist jetzt schon die Erkenntnisse und Erfahrungen, die mir gerade noch so klar vor Augen standen. Je krampfhafter ich versuche, all das in Worte zu fassen, desto schneller entfernt es sich von mir…"

„Warum erzählst du mir das alles?"

„Weil ich nicht verstehe, was hier vor sich geht. Irgendetwas hat mich zurückgeholt, ich weiß nicht, was, und nicht, warum. Ich kann mich an mein Sterben nicht erinnern. Dieser Sturz in die Gletscherspalte… Es müsste dazu doch eine Erinnerung geben. Einen Moment der Verzweiflung, Panik, Angst. Aber ich bin damals gar nicht in den Bergen gewesen, um waghalsige Klettertouren zu unternehmen. Ich bin allein in unsere Wald-Hütte gefahren, - erinnerst du dich an die kleine Hütte am See, die ich mir mit meinen Freunden gekauft habe? Ich war dort, um nachzudenken. Deine Mutter und ich – wir hatten keine so gute Zeit damals. Ich wollte nachdenken. Einige meiner Freunde wollten nachkommen. Es waren nur ein paar Tage, die ich vorgefahren bin, um dort am See allein zu sein. Ich habe niemals gefährliche Touren allein unternommen. Was immer Ursel behauptet hat, ich war vielleicht abenteuerlustig, aber nicht leichtsinnig. Ich bin *nicht* allein klettern gegangen. Tessa, ich will mich daran erinnern, was dort in der Wald-Hütte geschehen ist. Dann verstehe ich vielleicht auch, warum ich hier bin, welche Rolle Insa Albu bei alldem spielt. Warum ich fast sechs Jahre gebraucht habe, um mich von dem angeblichen Koma zu erholen. Fast sechs Jahre…"

„Warum willst du das unbedingt wissen?", fragte ich verzweifelt. „Warum bist du nicht froh, wieder hier zu sein… bei mir?"

Er umfasste mich, drückte mich an sich. „Ach meine Kleine. Ich bin so froh, dich erleben zu dürfen. Aber…aber … es fühlt sich so falsch an." Er zog seinen Arm zurück. „Ich habe dir doch diesen Vergleich erzählt mit dem Wald. Ich habe gesagt, dass es im menschlichen Dasein genauso funktioniert. Bestandteil einer Gemeinschaft zu sein, ist nicht die Sehnsucht von Menschen. Es ist ihre Natur. Du hast das doch verstanden?"

„Ich denke schon", antwortete ich und fühlte mich merkwürdig verlassen, seit er seinen Arm zurückgezogen hatte.

„Tessa, es ist für mich so: Es ist, als würde jemand einen Besenstiel in den Wald stellen und sagen: Sei wieder ein Baum. Mir fehlt die Verwurzelung. Ich bin nicht mehr Teil dieses Netzes. Ich bin wie abgeschnitten. Du verstehst mich nicht. Du lebst aus diesem Netz heraus, ohne es wirklich wahr zu nehmen. Es nährt dich... es hält dich... Jeder Einsiedler ist darin verwoben - selbst wenn er noch nie in seinem Leben mit einem anderen Menschen gesprochen hat -, nur ich bin es nicht. Du weißt nicht, was es bedeutet, davon abgeschnitten zu sein."

Ich legte meinen Kopf in seinen Schoß und starrte auf die Grabsteine, damit er nicht merkte, wie die Tränen über mein Gesicht liefen. Alles verschwamm vor meinen Augen. Ich schluckte, bevor ich anfing zu sprechen, und gab mir Mühe, ruhig und gefasst zu klingen.

„Du hast mir mal einen alten Baumstumpf gezeigt, Papa. Du sagtest, er sei seit vielen Jahren tot, aber trotzdem wuchs aus ihm neues Leben, wir sahen winzige Sprosse. Du sagtest, die Bäume im Umkreis hätten diesen toten Baum genährt. Deshalb könne neues Leben aus ihm wachsen. Vielleicht ist der Tod nicht endgültig. Vielleicht kannst du neue Wurzeln schlagen – wie dieser Baumstumpf – noch einmal blühen... Du bist da...Ich sehe dich...ich spüre dich... Du bist doch da..."

Er strich mir sanft über das Haar. „Ja, Tessa, ich weiß, was du meinst."

Eine Weile schwiegen wir. Ich spürte, wie er mein Haar streichelte und wünschte mir einfach, dieser Augenblick würde nie vergehen. Wir könnten für immer hier so sitzen. Er und ich.

„Erinnerst du dich an unsere kleine Hütte am See?", fragte er noch einmal in die Stille hinein.

„Ja", sagte ich. Wie sollte ich mich nicht daran

erinnern. Wir waren dort gewesen. Erst als Familie. Später nur Papa und ich. Manchmal mit Freunden von ihm. Ich erinnerte mich.

„Ich will dort hin", erklärte er. „Dort bin ich gestorben. Wenn ich dort bin, werde ich mich erinnern."

Ich fuhr hoch und starrte ihn an. „Nimm mich mit. Bitte."

„Ja, gerne. Natürlich." Mein Vater nickte. „Ja, Tessa, komm mit. Lass uns aber schnell - in den nächsten Tagen - losfahren. Dann sind wir vor Weihnachten zurück. Ich glaube, Insa ist es wichtig, dass wir Weihnachten zusammen sind. Zumindest schließe ich das aus den knollnasigen Weihnachtsmännern, die überall hängen."

„Papa", ich schaute meinen Vater eindringlich an. „Papa, ich habe Angst vor dieser Frau."

„Ich weiß." Mein Vater seufzte. „Insa hat mir davon erzählt. Auch deshalb nehme ich dich lieber mit. Ich glaube, ein paar Tage für uns allein: das wird uns gut tun. Vielleicht ist hinterher manches klarer."

Ich lächelte mühsam. „Okay, das machen wir. Aber vorher muss ich noch etwas erledigen. Ich muss jemanden besuchen. Das habe ich lange genug vor mir hergeschoben."

„Du meinst Ursel, Mamas Freundin?"

„Ja. Sie ist dement. Sie lebt in einem Pflegeheim." Ich schluckte.

„Ich weiß", bestätigte mein Papa mit sorgenvoller Miene. „Insa hat mir davon erzählt. Willst du dir das wirklich antun?"

„Ich muss."

Türchen Nr. 20

Hort des Vergessens
Hannover, Herbst 2017

„Ach, das ist aber schön", begrüßte mich die Pflegerin fröhlich. „Frau Dr. Schramm bekommt so selten Besuch. Sie sind die Nichte?"

„Ja, sozusagen. Ich war ziemlich lange verreist. Wie geht es meiner Tante?"

„Ihr Zustand ist erstaunlich stabil. Sie erfreut sich im Grunde bester Gesundheit – zumindest rein körperlich. Solange wir sie immer mit neuen Büchern versorgen, haben wir eine sehr friedliche Patientin. Die meisten unserer Bewohner und Bewohnerinnen versuchen hier auf irgendeine Weise fortzuführen, was sie in ihrem früheren Leben getan haben. Das gibt ihnen Sicherheit. Natürlich kann ihre Tante den Inhalt der Bücher nicht mehr aufnehmen. Aber sie blättert, schaut sich die Bilder an und ist zufrieden."

Das klingt furchtbar, dachte ich, sprach es aber nicht aus. Mit schlurfenden Schritten und in einem schlichten Trainingsanzug kam Ursel auf uns zu. Ihre grauen Haare waren länger und strähniger als früher, die Sommerbräune war aus ihrem Gesicht verschwunden. Als sie mich entdeckte, verharrte ihr Blick kurz bei mir, ihre Augen weiteten sich für einen winzigen Augenblick, dann wandte sie sich ab, um an uns vorbeizugehen. Die Pflegerin hielt sie auf.

„Frau Dr. Schramm, hier ist Besuch für Sie."

Ursel starrte mich hilflos an, ihr Blick wanderte fragend zurück zu meiner Begleiterin.

„Das ist ihre Nichte: Tessa Born. Sie möchte Sie besuchen. Vielleicht gehen Sie beide gemeinsam in die Cafeteria. Dort können Sie zusammmen einen Kaffee trinken."

Ursel schaute wieder zu mir. „Blumen...", meinte sie und nickte, als sei ihr gerade etwas Wichtiges eingefallen.

„Ja", bestätigte ich eifrig. „Ich bin es, Tessa." Zur Pflegerin gewandt erklärte ich: „Ich glaube, sie erinnert sich. Ich mache viel...mit Blumen und Pflanzen und so...in meinem Garten..." Ich verhaspelte mich. Die Situation überforderte mich.

„Blumen", stieß Ursel etwas unwilliger hervor und zeigte zu der Glastür, hinter der das Außengelände begann.

„Aber es ist Winter, Frau Schramm", erläuterte die Pflegerin geduldig. „Jetzt blühen dort draußen keine Blumen."

Entschlossen griff Ursel nach meiner Hand. „Blumen", wiederholte sie stur und wandte sich der großen Glastür zu, durch die eine verlassene Terrasse und eine Gartenanlage mit kargen Büschen und kahlen Bäumen zu sehen war.

Der Tonfall der Pflegerin klang nun strenger. „Es ist heute recht kalt. Ich glaube nicht, dass Ihre Nichte bei einem solchen Wetter draußen spazieren gehen will."

„Oh doch, gerne", fiel ich ihr eilig ins Wort. Ich brauchte dringend frische Luft. „Wenn Sie eine warme Jacke für meine Tante haben."

In kürzester Zeit wurde die Patientin warm eingepackt mit einem Mantel, Mütze, Schal und Handschuhen. Das Anziehen ließ sie stumm über sich ergehen.

Endlich öffnete sich die Glastür, und wir traten hinaus in die winterliche Parkanlage. Verzweifelt fragte ich mich, was für eine Art von Kommunikation jetzt wohl stattfinden würde. Ich hatte mich noch nie mit einem dementen Menschen unterhalten. Wenigstens wirkte die alte Professorin nicht unglücklich. Vielleicht hatte sie hier ihren Frieden gefunden, jenseits all ihrer düsteren Recherchen und waghalsigen Theorien. Die Pflegerin blickte uns durch die geschlossene Glastür lange nach.

„Was befürchtet diese Glucke wohl? Dass ich dich entführe?", murmelte ich gereizt vor mich hin.

„Sie behalten neue Besucher immer gerne im Auge, eine Vorsichtsmaßnahme: sie wollen ihre Insassen beschützen vor all den fiesen gierigen Verwandten.", beantwortete Ursel in einem gelassenen Tonfall meine Frage. Ich zuckte zusammen. Sie fixierte weiter den Weg unter ihren Füßen, aber es zuckte amüsiert in ihren Mundwinkeln.

„Du bist überhaupt nicht dement!", entfuhr es mir empört.

„Du hast keine Ahnung, wie glücklich ich bin, Dich zu sehen", sagte sie mit einem glücklichen Lächeln und seufzte lang und tief. „Ich würde dich gerne in den Arm nehmen, meine Kleine, aber ich will hier niemanden misstrauisch machen. Du hast Recht, ich habe meinen Verstand noch beisammen, jedenfalls weitgehend, obwohl ich manchmal auch große Lust hatte, alles zu vergessen. Wenn die Leute hier eine bestimmte Phase erreicht haben, stellt sich bei ihnen irgendwann eine beneidenswerte Gelassenheit ein. Jemand sagte einmal, Gelassenheit sei eine anmutige Art des Selbstvertrauens. Genau diesen Eindruck machen sie irgendwann. Jeder Tag ist für sie wie ein völlig neues Leben. Ich dagegen habe hier jeden einzelnen Tag eine panische Angst um dich gehabt. Darauf hätte ich hin und wieder gerne verzichtet. Aber jetzt bist du da. Du bist ihr entkommen."

„Nein, ganz so ist es nicht, es ist einiges geschehen, womit wir beide wohl nicht gerechnet haben…"

Während ich ihr die Ereignisse der letzten Wochen und Monate mit knappen Worten zu schildern versuchte, umrundeten wir den Park ein zweites Mal.

„Dann hat der alte Adrian Albu es also wirklich geschafft.", schlussfolgerte sie verblüfft, als ich endlich verstummte. „Er hat es geschafft, einen toten Organismus wieder zu beleben, die Zellen wieder zu aktivieren, die Organe zum Funktionieren zu bringen. Er hat das große Geheimnis gelöst. Das ist erstaunlich."

„Er muss seine Kenntnisse an seine Pflegetochter weitergegeben haben. Ich war bereit, Insa zu töten. Wirklich. Sie hat mir das Leben zur Hölle gemacht. Aber sie hat mir auch meinen Vater zurückgegeben, ihm das Leben gerettet."

„Nein, Tessa, das war keine Lebensrettung. Sie hat ihn zurückgeholt. Er ist ein lebender Toter. Ich weiß, er ist dein Vater und du liebst ihn. Aber du solltest vorsichtig sein. Er hat selber gesagt, es fühlt sich anders an. Du weißt nicht, inwieweit er verändert ist…"

„Mein Vater ist nicht Frankensteins Monster",
protestierte ich entschieden. Für einen Augenblick
machte ihre Warnung mich wütend, aber dann fielen
mir die Worte meines Vaters ein. *„Sie wollte dich
immer nur beschützen…"*
Ich lächelte sie an. „Du musst dir keine Sorgen machen,
mein Vater ist, wie er immer war, älter und schwächer,
aber ebenso zärtlich, warmherzig, liebevoll… Es ist für
mich wunderbar, ihn wieder in meiner Nähe zu haben.
Ich genieße jeden Tag… Wenn bloß diese Frau nicht
wäre…"
„Ja, diese Frau…", wiederholte Ursel nachdenklich. „Sie
ist also älter, als wir dachten. Was sagte sie dir auf
Norderney? Sie sei vierunddreißig? Dann ist sie
Jahrgang 1992. Ein interessantes Jahr…Erinnerst du
dich an dieses eine Bild in meinem Buch, an die drei
Grabsteine von den drei Töchtern des Adrian Albu?"
„Nein", unterbrach ich sie scharf. „Hör auf, Ursel. Mein
Leben ist gruselig genug, auch ohne deine historischen
Kriminal-Recherchen. Ich habe das Buch gelesen, oder
es zumindest überflogen. Das hat für ein ganzes Bündel
von Alpträumen gereicht. Es ist genug. Ich kann nicht
mehr. Insa lebt jetzt seit einigen Wochen in meinem
Haus. Sie hat mich bisher noch nicht umgebracht. Und
– soweit ich weiß – auch sonst niemanden in meiner
Umgebung…"
„Ist ja gut, Tessa. Ich verstehe dich. Wahrscheinlich
wollte sie dir auch nie etwas tun. Vielleicht wollte sie
dich wirklich immer nur zu deinem Vater führen, zu
ihrem ganz besonderen Experiment, vielleicht weil sie
genau wusste, dass *du* es ganz sicher zu schätzen

145

weißt, ihr Kunstwerk…"

„Bitte, Ursel, du redest von meinem Vater…"

„Ich weiß, Tessa, ich weiß. Meine Kleine, wir müssen umkehren. Es dämmert. Sie lieben es hier wirklich nicht, wenn ihre Schäflein im Dunkeln draußen sind."

„Wie hältst du das hier aus?", fragte ich sie, während wir artig umdrehten.

„Die Schauspielerei ist anstrengend, - ich habe sogar gelernt, Bücher auf dem Kopf zu lesen, um die Pflegerinnen zu täuschen-, aber die Menschen hier sind faszinierend. Ich lerne jeden Tag etwas Neues über das Erinnern, das Vergessen, das Leben und Sterben. Der Tod ist hier sehr präsent. Wenn ich jemals hier herauskomme, schreibe ich ein Buch über meine Zeit hier. Dann rentiert sich die ganze Sache."

Ich entdeckte den Schalk in ihren Augen und musste unwillkürlich kichern. Sie jedoch presste die Lippen aufeinander und verbiss sich das Schmunzeln, weil wir uns schon wieder auf das Gebäude zubewegten. Hinter der Glastür war die besorgte Pflegerin bereits zu sehen, die ungeduldig nach uns Ausschau hielt. Das Lachen tat mir gut. Ich spürte die plötzliche Leichtigkeit, die es mir schenkte. Meinen Vater hatte ich nicht lachen hören, seitdem er wieder bei mir war. Nicht ein einziges Mal. Insa lachte sowieso nie.

„Hör zu.", raunte Ursel mir hastig zu, während wir auf den Eingang zukamen. „Sage der Pflegerin, du willst noch mein Zimmer sehen. Im Nachttisch liegt ein zusammengefalteter Zettel. Ich lenke sie ab, und du nimmst ihn an dich. Es ist die Generalvollmacht für dich. Wenn du ihn im Büro abgibst, bist du ab jetzt für mich zuständig. Es ist furchtbar, Insa Albu als Betreuerin zu haben. Zum Glück hat sie sich nicht viel gekümmert. Ich denke, ich habe sie ebenso gut getäuscht wie die anderen."

„Ich hole dich hier raus!", zischte ich ihr zu.

„Um Himmels Willen", gab Ursel flüsternd zurück, fast ohne die Lippen zu bewegen. Ihr Gesicht hatte schon wieder einen ratlosen, verwirrten Ausdruck angenommen. „Solange die blasse Hexe da draußen ihr Unwesen treibt, fühle ich mich hier am sichersten. Aber pass bloß auf dich auf, Tessa. Melde dich bei mir regelmäßig, sonst komme ich um vor Sorge."

Vor uns öffnete sich die Glastür. „Das war aber ein schöner langer Spaziergang, Frau Dr. Schramm. Im Speisesaal gibt es jetzt Abendbrot. Kommen Sie."

Nach dem Abendbrot überreichte ich der Pflegerin die Generalvollmacht, die ich aus Ursels Nachttisch gezogen habe.

„Ich hätte das längst tun sollen", entschuldigte ich mich mit einem kleinen Lächeln.

„Es ist nicht leicht, für ältere Verwandte die Verantwortung zu übernehmen", kam die Pflegerin mir verständnisvoll entgegen. „Aber sagen Sie, ich habe gesehen, wie lebhaft Sie sich mit ihrer Tante unterhalten haben. Das hat mich sehr gefreut. Sonst ist sie sehr schweigsam. Können Sie mir vielleicht verraten, welche Themen für Frau Dr. Schramm so anregend waren? Vielleicht können wir etwas davon aufgreifen…"

„Blumen", erklärte ich freundlich. „Es ging die ganze

Zeit nur um Blumen. Darf ich mich von meiner Tante noch verabschieden?"

Ihr Zimmer war ein kleiner möblierter Würfel in pastellgelb. Ursel lag bereits im Bett.

„Na, ihr geht ja mit den Hühnern schlafen", neckte ich sie.

„Das vereinfacht die Organisation", erläuterte sie voller Verständnis für die Regelungen in ihrem neuen Zuhause und hielt ihre großmaschig gestrickte rosa Bettjacke über dem Nachthemd zusammen. Dann streckte sie plötzlich die Arme nach mir aus. Endlich durften wir uns umarmen. „Ich komme wieder, sobald ich wieder da bin, Ursel. Ich verreise ein paar Tage mit meinem Vater. Nur er und ich."

„Pass auf dich auf", seufzte sie und fügte dann nach einem kurzen Zögern hinzu. „Tessa, ich weiß, du willst nichts davon hören, aber ich muss dir wenigstens eines von meinen letzten Recherchen in Rumänien erzählen. Nur eine Kleinigkeit, sonst ersticke ich daran."

„Na gut", gab ich nach. „Welchen Vampir hast du getroffen?"

„Du weißt, ich habe nach Beweisen gegen Adrian Albu, seine Schwester und gegen Insa Albu gesucht. Deshalb bin ich noch einmal zu dem Herrensitz zurückgekehrt, wo ich damals das Foto mit den drei Grabsteinen gemacht habe. Durch großes Verhandlungsgeschick und mit sehr umfangreichen Bestechungsgeldern habe ich das Grab der jüngsten Tochter öffnen lassen. Das Grab der kleinen Ira Albu, die mit vierzehn gestorben ist, nur wenige Jahre nach ihren beiden älteren

Schwestern."

„Ursel", entfuhr es mir entsetzt. „Das ist doch Leichenfledderei!"

„Oh, nein", die alte Dame schüttelte den Kopf. „Das war keine Leichenfledderei. Denn, Tessa: der Sarg war leer."

Die Hütte im Schnee
Hannover / Tirol, Dezember 2017

Ich zog den großen Wanderrucksack leise aus meinem Schrank. Eigentlich wollte ich ihn meinem Vater zu Weihnachten schenken, aber jetzt brauchte ich ihn erst einmal selber. Das würde er verstehen. In Tirol lag bestimmt Schnee. Die kleine Hütte stand auf einer Tal-Ebene direkt an einem kleinen See unweit vom Peitler Kofel, einem Dreitausender, den ich bereits mit fünf Jahren erklommen hatte. Auf dem Gipfel hatte ich damals gejuchzt vor lauter Freude, durchströmt von Glückshormonen. Noch schöner war dort aber der kleine See. Jeden Morgen waren mein Vater und ich dort hineingesprungen, jeder Temperatur trotzend, das hatten wir uns niemals nehmen lassen, erst der Kälteschock, dann hinterher die Wärme, die uns sanft durchrieselt hatte und dazu natürlich – das gehörte unausweichlich und verlässlich dazu – der entsetzte Gesichtsausdruck meiner Mutter.

Das Geld für unsere jetzige Fahrt hatte mein Vater sich bei einem Freund geliehen. Die alten Wandergenossen zeigten auf die Rückkehr des totgeglaubten Gefährten mit einer beeindruckend gelassenen Rührung und Freude. Was für fantastische Geschichten das Leben doch schreibt! Ganz begeistert hatten sie am Telefon geklungen, so etwas, kaum zu glauben, ein kleines Wunder, wäre schön, sich bald zu sehen, aber es ist ja klar, der Chris muss jetzt erst einmal zu sich kommen. Dafür gab es keinen besseren Platz als die alte Hütte, Geld war auch kein Problem, einem totgeglaubten Freund konnte man schließlich nichts abschlagen.

Ich stopfte warme Kleidung in den Rucksack, Leggings zum Unterziehen, Rollkragenpullover, Wollsocken, Handschuhe, Schal und Jacken. Im letzten Augenblick besann ich mich, zog die Nachttischschublade auf und griff nach Ursels Buch. Vielleicht guckte ich mir die Bilder von den Grabsteinen doch noch einmal genauer an. Ich stopfte es in die Seitentasche des Rucksacks.

Als ich auf den Flur trat, kam mein Vater gerade aus seinem Zimmer und schloss lautlos die Tür hinter sich. Ich sah seine Umrisse in der Dunkelheit. Wir machten kein Licht, tasteten uns am Geländer die Treppe herunter. Erst im Flur schaltete ich das kleine Licht am Ausgang an, damit wir uns Schuhe und Mäntel anziehen konnten, aber wir kamen nicht dazu.

„Wer schleicht sich denn da mitten in der Nacht davon?"

Insa Albu saß im Ohrensessel im Flur. Sie hatte im Dunkeln auf uns gewartet. Es war jetzt drei Uhr morgens. Unser Zug nach Tirol ging um halb fünf.

Mein Vater blieb wie erstarrt auf der Treppe stehen. Er zog einen Brief aus seiner Brusttasche und hielt ihn wie eine Entschuldigung hoch.

„Hier habe ich alles erklärt. Ich wollte den Brief für dich auf den Küchentisch legen. Ich muss ein paar Tage fort, ich muss nachdenken. Das musst du verstehen. Es sind nur ein paar Tage. Weihnachten sind wir auf jeden Fall wieder hier."

„Nur für ein paar Tage…", wiederholte Insa nachdenklich. „Hast du das nicht zu deiner Manuela damals auch gesagt? Damals durftest du Tessa allerdings nicht mitnehmen…"

„Aber heute wird er genau das tun", fuhr ich ungeduldig dazwischen und schlüpfte in meine gefütterten Schuhe. „Komm, Papa, wir müssen los!" Merkwürdig verunsichert stand mein Vater immer noch auf der Treppe.

„Jetzt komm doch!"

Ich griff entschlossen nach meiner Jacke.

Insas Blick wanderte nachdenklich über den üppigen Weihnachtsschmuck, der die Türen im Flur umrahmte.

„Das ist wirklich nicht nett, mich in der Vorweihnachtszeit allein zu lassen."

Ihr Tonfall ließ mich aufhorchen. Etwas in der Ausdruckslosigkeit ihres Gesichtes warnte mich.

„Nun, von mir bist du es ja gewohnt, dass ich vor dir fliehe", entgegnete ich mit betonter Gelassenheit, obwohl ich eine vertraute Übelkeit in mir aufsteigen fühlte. Unser Bilderbuchleben bröckelte. Die Fassade fiel. Gleich stürzten wir in einen Abgrund. Aber mein Papa und ich, wir waren zu zweit, und sie war allein.

Während ich meinen Mantel überzog, drehte ich mich zu meinem Vater um. Er saß jetzt auf der Treppe und schnürte sich die Schuhe zu.

Insa beachtete ihn nicht mehr. Ihr Blick blieb mir zugewandt. Ihre Finger tippten auf die breiten Armlehnen, als wolle sie Klavier spielen.

„Vielleicht sollte ich mir jemanden einladen, damit ich nicht so allein bin…"

Ich ging einen Schritt auf sie zu. Mein Herz klopfte hämmernd. Sie musste es hören. Ich zwang mich, gleichmäßig zu atmen und ruhig zu sprechen.

„Und was hast du vor? Willst du der armen Ursel den Rest geben? Deinen Ex-Lover Bernie doch noch in kleine Scheiben schneiden?"

„Tessa!", hörte ich die erschrockene Stimme meines Vaters hinter mir, aber ich reagierte nicht darauf. Er wusste ja nichts, er wusste gar nichts.

Insa zuckte mit den Schultern. „Das klingt beides nicht sehr amüsant. Ich dachte eher an eine junge Frau. Vor ein paar Tagen rief hier jemand an. Ich glaube, sie heißt Mandy. Sie ist aus Frankreich zurück. Jetzt will sie anfangen zu studieren, hier, in Hannover. Wie nett, habe ich gesagt, wie nett. Ihre Stimme klang so rührend jung. Sie hätte gerne mit dir gesprochen. Ich habe sie vertröstet, mir aber ihre Nummer notiert. Irgendwie hatte ich das Gefühl, mir könnte die Nummer noch einmal nützlich sein. Ich denke, sie würde kommen, wenn ich sie einlade. Ich könnte zur Begrüßung kleine Törtchen backen."

Etwas in mir erstarrte zu Eis. Ich sah ihr widerwärtiges Lächeln. Kein Wort kam über meine Lippen. Alles war still. Ich hörte nur noch meinen eigenen Atem.

Plötzlich stand mein Vater neben mir und legte seinen Arm um mich. „Komm Tessa, wir müssen los. Unser Zug fährt." Er legte den Brief auf die Garderobenablage. „Insa, hier steht alles drin. Ich bin sicher, du wirst es verstehen. Heilig Abend feiern wir zusammen."

Ich schüttelte den Kopf. In mir loderte plötzlich eine

gleißende Wut auf, es war eben jene Wut, die mich wenige Wochen zuvor veranlasst hatte, mir ein scharfes Messer anzuschaffen und zu allem bereit zu sein. Ich war kein Opfer mehr. „Nein, Papa. Wir nehmen sie mit. Ich habe gerade festgestellt, dass wir beisammen bleiben sollten." Ich entzog mich seinem Arm und trat auf die blasse Frau zu, die immer noch reglos im Sessel saß, neigte mich nach vorn, bis unsere Gesichter nah beieinander sind. „Ich werde dich ab jetzt nicht mehr aus den Augen lassen, Insa Albu. Nie wieder. Oder spreche ich deinen Vornamen vielleicht falsch aus?"

Sie ignorierte meine letzte Frage und blickte mich an, ohne mit den hellen Wimpern zu zucken. „Eine richtige Entscheidung, Tessa Born.", gab sie kalt zurück. „Glücklicherweise habe ich bereits gepackt."

Erst spät am Abend kamen wir bei unserer Hütte an. Das letzte Stück von der nahegelegenen Herberge aus mussten wir zu Fuß gehen. Es war dunkel in den Bergen trotz des Schnees, der Weg führte durch einen kleinen Wald, mein Vater ging mit einer Stirnlampe voran. Er kannte den Weg im Schlaf. Über uns leuchtete ein Meer von Sternen.

Vor der Hütte mussten wir erst den Schnee beiseite räumen, um die Tür aufziehen zu können. Mein Vater machte drinnen eine Petroleumlampe an. Wir hatten hier keinen Strom. Alles war sehr schlicht und eng. In der Stube wurde als erstes ein Kaminfeuer entfacht. Wir teilten die Zimmer auf, mein Vater und ich nahmen eines mit zwei Etagenbetten, Insa bekam ein eigenes auf der anderen Seite des Ganges. Es gab noch mehr Zimmer, aber diese beiden lagen am nächsten zur beheizbaren Stube. In der Küchenzeile stand ein Gaskocher, auf dem Insa eine unserer mitgebrachten Dosensuppen erwärmte.

„Das wird uns gut tun", versprach sie, als habe sie vor, wieder eine familiäre Idylle herauf zu beschwören. Ich verspürte nichts anderes als Übelkeit.

Später saßen wir gemeinsam um das Kaminfeuer herum. Die Suppe hatte wirklich innerlich gewärmt. Mein rebellierender Magen hatte sie sogar vertragen. Ich fühlte mich erschöpft nach der langen Fahrt, aber niemand von uns konnte schlafen gehen mit all den unausgesprochenen Worten, die zwischen uns standen. Schließlich legte ich demonstrativ Ursels Buch auf den kleinen Tisch, auf dem auch unsere Gläser stehen. Die Flammen spiegelten sich in der rötlichbraunen Flüssigkeit. Wir tranken Tee. Insa schaute mich fragend an.

„Ich habe mir die Bilder von den Grabsteinen dieser Albu-Schwestern noch einmal genauer angeguckt.", erklärte ich. „Die jüngste Schwester namens Ira Albu ist 1992 geboren. Sie ist in deinem Alter. Ira Albu ist mit vierzehn Jahren gestorben. Aber ich glaube, ihr Vater Adrian Albu hat es geschafft, sie aus dem Tod zurückzuholen. Wie du es später ebenso mit meinem Vater gemacht hast. Du *bist* Ira Albu. Adrian Albu hat dich überhaupt nicht adoptiert. Du warst immer seine leibliche Tochter. Er wollte nur einfach kein Misstrauen aufkommen lassen. Deshalb gab er dir eine neue Identität. Die Buchstaben deines Vornamens wurden nur geringfügig verändert."

Die Augen meines Vaters weiteten sich. „Ist das wahr?", fragte er angespannt.

Insa starrte in die Flammen, ihre Haut schimmerte ungewohnt rosig im Schein des Feuers.

„Ja", gab sie zu. „Das ist wahr. Meine Kindheit war die Hölle. Das war *nicht* gelogen. Ich hatte zwei Mütter, nämlich meine älteren Schwestern. Sie haben sich um mich gekümmert, sie haben immer versucht, mich zu beschützen. Als ich acht Jahre alt war, wollten sie sogar mit mir fliehen. Aber die Flucht misslang. Ich durfte zusehen, wie dieser Mensch, der offensichtlich mein Vater war, sie tötete, weil er einfach keinen zweiten Fluchtversuch riskieren wollte. Er sagte zu mir, die nächste bist du. Es war keine Drohung. Er meinte es ernst. Irgendwann kam seine eigene Schwester zu uns ins Haus, eine weibliche Ausgabe von ihm, falsch, gemein, skrupellos und grausam. Sie hat mir irgendwann erzählt, wie ich zur Welt gekommen bin, wie mein Vater mich mit meiner bereits schwer erkrankten Mutter gezeugt hat, ihren Tod billigend in Kauf nehmend, nur, um ein Geschöpf in seine Gewalt zu bekommen, das seinem großartigen Experiment dienen sollte. ‚Du wirst berühmt sein' versprach er mir, als ich langsam wieder zum Bewusstsein kam und genau wusste, es war etwas Schreckliches, etwas ganz Schreckliches mit mir geschehen. ‚Du wirst einzigartig sein. ', versprach er - und *das* war ich. Es hat vier Jahre gedauert, bis mein Organismus, mein Geist, meine Seele wirklich wieder funktionierten, nicht ganz so lange wie bei deinem Vater. Aber lange genug. Ich war also wieder da und wusste nichts mehr, absolut gar nichts mehr mit diesem Leben anzufangen. Ich wollte nur Rache, aber ich blieb bei ihm, wurde seine Assistentin, war eine sehr brave Tochter, und er wurde vorsichtig mit mir, seinem Geschöpf, seiner wunderbaren Schöpfung. Und bis auf jene Muskelschmerzen, die mich immer wieder bis zum Wahnsinn quälten, war ich ihm wirklich gut gelungen, - fand er. Um kein Misstrauen zu erwecken, verließen wir Rumänien, reisten durch Europa, verließen schließlich den Kontinent, um nach Südamerika zu gehen. Dort verschwinden so viele Menschen, dass es auf ein paar Leichen mehr nicht ankommt. Das war die Begründung dieser beiden Irrsinnigen. Wir konnten ungestört experimentieren. Es war nur einfach zu warm. Das Experiment braucht Kälte. Adrian Albu beschloss, in die Anden nach Chile aufzubrechen. Er meinte, auch dort könnten Menschen verschwinden, ohne vermisst zu werden. Doch er erkrankte an einer Tropenkrankheit, ebenso wie seine Schwester. Den Rest kennt ihr. Ich war einfach allein. Ich wollte einen Gefährten. Das ist alles. Mehr gibt es nicht zu sagen."

„Wie bist du an meine Leiche gekommen? Woran bin ich gestorben?", wollte mein Vater wissen.

Insas Gesicht verschloss sich. „Du warst tot. Ich habe dich gefunden. Und nun lebst du wieder. Reicht das nicht? Du bist wie ich. Auf diesem ganzen Planeten bist du der einzige Mensch, der so ist wie ich."

Tränen rollten aus ihren Augenwinkeln.

Mein Vater beugte sich vor und wischte mit einer sanften Handbewegung die Tränen fort. Dann hob er vorsichtig ihr Kinn an, bis ihre Blicke sich trafen. Sie betrachteten sich, als würden sie sich zum ersten Mal sehen, als würden sie sich endlich erkennen.

Türchen Nr. 22

Das fünfte Rad
Tirol, Dezember 2017

Ich wachte auf und warf einen Blick auf mein Handy. Es war später Vormittag. Das Bett unter meinem war leer. Mein Vater musste schon aufgestanden sein. Ich schob das dicke Federbett fort und kletterte herunter. Aus dem Rucksack, den ich am Abend zuvor noch nicht ausgepackt hatte, wühlte ich meinen Badeanzug hervor und zog mich hastig um. Es war kalt im Zimmer. Als ich in den Flur trat, hörte ich ihre Stimmen aus der Küchenzeile, die mit einem Vorhang von der eigentlichen Stube abgetrennt war. Es roch nach aufgebackenen Brötchen und Spiegelei.

Mir war nicht nach Geplauder.

Entschlossen legte ich mir mein Handtuch um die Schultern und trat hinaus ins Freie, ließ die Tür hinter mir zufallen. Die kalte Winterluft schlug mir entgegen, durchdrang mich, floss beim Atmen in meine Lunge. Meine nackten Füße fühlten den feuchten Schnee. Ich ging bis an den Steg und hängte mein Handtuch an einen Pfahl, der zum Festmachen kleiner Boote gedacht war. Dann nahm ich Anlauf, rannte den Steg hinab, stieß mich ab, flog einen kurzen Augenblick und tauchte ein in das eisige Wasser. Der Kälteschock war unmittelbar, aber meine Muskeln kannten das und wussten zu reagieren. Bewegung, Bewegung. Ich tauchte auf, schnappte nach Luft, keuchend arbeitete ich mich ans Ufer zurück, durchteilte mit Armen und Beinen die Eiseskälte, die gnadenlos und beißend war. Ich erreichte den Rand des Sees, kletterte die Böschung hinauf, griff nach meinem Handtuch, und spürte, was ich immer gespürt hatte: Als Siegerin stand ich aufrecht dort, die Luft, die eben noch kalt gewesen war, wirkte jetzt lau, Wärme durchrieselte mich, ich war neu geboren.

Als ich die Stube wieder betrat, deckte mein Vater gerade den Tisch. „Du warst im See", stellte er fest.

„Du nicht?", fragte ich ihn.

„Nein, mir war nicht danach", seufzte er verlegen.

„Morgen bin ich mit dabei, versprochen!"

„Warum nicht jetzt?", fragte ich herausfordernd, selbst verwundert über meine Hartnäckigkeit.

„Bin schon geduscht.", erklärte er knapp und legte die Messer neben die drei Teller.

Ja, das sah ich. Er war nicht nur frisch geduscht, er hatte sich auch die zotteligen Haare und den wilden Vollbart geschnitten.

„Zieh dich lieber um!", meinte er und schob die Tassen an die richtige Stelle. „Du erkältest dich. Willst du Kaffee oder Tee?"

„Kaffee", sagte ich und dachte, er müsste meine Gewohnheiten doch eigentlich inzwischen kennen.

Als ich geduscht und angezogen war, saßen die beiden über ihren Spiegeleibrötchen, redeten halblaut miteinander, ohne sich aus den Augen zu lassen. Sie verstummten, sobald sie meiner Anwesenheit gewahr wurden, und schauten auf wie ertappte Kinder.

Ich goss Kaffee in meinen Becher und ließ das kalte

Spiegelei liegen. Ich hatte keinen Hunger. Im Gegenteil: In meinem Magen zog sich schon wieder etwas zusammen. Der Kaffee schmeckte bitter.

Am Vormittag machte ich einen langen Spaziergang, während mein Vater Holz hackte. Insa kochte für uns auf dem Gaskocher. Ich trat durchgefroren ein, hängte meinen Mantel auf und begann, den Tisch für das Mittagessen zu decken. Die Mahlzeiten waren wie Rettungsringe an diesem ungeklärten Tag in dieser ungeklärten Stimmung.

Insa zog den Vorhang zur Küchenzeile auf und beobachtete mich. Ich legte langsam die Löffel neben die Schüsseln, dann hielt ich inne, blieb neben dem Tisch stehen und sah sie abwartend an.

„Ich muss mich bei dir bedanken!", fing sie an. Ihr Gesicht wirkte undurchdringlich. Ich konnte ihren Tonfall nicht deuten.

„Ich hätte es nicht gewagt, Chris die Wahrheit zu sagen. Aber jetzt ist alles raus. Alles ist jetzt endlich gut. Wir gehören jetzt zueinander. Er und ich. Verstehst du?"

„Nein", wehrte ich unfreundlich ab. „Ich verstehe gar nichts. Ich denke, ich habe noch ziemlich viele Fragen."

„Wir werden auf alles eine Antwort finden", versprach sie und blickte zur Tür.

Ihr Gesichtsausdruck veränderte sich. Mit Entsetzen beobachtete ich, wie sie zu lächeln begann, die Lippen auseinanderzog, die Zähne zeigte. Nein, das war kein Lächeln, es war eine Fratze. Hastig schaute ich zu meinem Vater, der gerade mit den Holzscheiten im

161

Arm eintrat, aber sein Blick hing an Insa, als sei ich gar nicht im Raum. Er lächelte zurück. Durch den gekürzten Bart entdeckte ich zum ersten Mal deutlich seine Lippen. Er zog die Mundwinkel hoch, unbeholfen, ungeübt wirkte es. Sein Gesicht glich plötzlich einer Maske, sein Grinsen der misslungenen Grimasse eines untalentierten Clowns.

Um mein Entsetzen zu überspielen, sank ich auf einen der Stühle, starrte auf die Tischdecke.

Mein Vater trug die Holzscheite zum Kamin, klopfte sich die Hände an den Hosen ab. Er machte eine Bemerkung über die Arbeit im Freien, lobte Insas Dosensuppe, seine Worte schwirrten an meinen Ohren vorbei. Ich hörte Insas Antworten, ohne sie zu verstehen. In meinem Kopf pochte es. Ich musste weg hier. Schnell weg und weit weg. Pflichtschuldig löffelte ich die Suppe, ohne etwas zu schmecken. Dann legte ich den Löffel zur Seite.

„Ich brauche frische Milch für mein Müsli morgen früh", erklärte ich möglichst beiläufig. „Ich gehe heute Nachmittag zur Herberge und kaufe ein. Soll ich euch etwas mitbringen?"

„Vielleicht haben sie Kartoffeln und Zwiebeln", überlegte Insa. „Dann könnte ich morgen Kartoffelpuffer machen. Frische Eier wären auch schön."

„Soll ich mitkommen?", fragte mein Vater mich.

„Das schaffe ich schon", beruhigte ich ihn und bemühte mich, sorglos zu klingen. „Aber ich nehme deine Stirnlampe mit. Es wird früh dunkel jetzt."

„Ja, nimm sie nur mit!" Mein Vater nickte.

Offensichtlich wollte er nicht darauf bestehen, mich zu begleiten. Das war einerseits gut, andererseits machte es mich betroffen. Der Einkauf bot doch die ideale Gelegenheit, um mit mir allein zu sein. Kam ihm das gar nicht in den Sinn? Sah er nach den Enthüllungen des Vorabends denn gar nicht die Notwendigkeit, sich mit mir zu besprechen?

Auf der anderen Seite war es besser so. Insa würde uns sowieso nicht zu zweit gehen lassen. Ich war sogar ein wenig überrascht, dass sie *mich* allein gehen ließ, aber offensichtlich freute sie sich über die Gelegenheit, mit ihrem neugefundenen Verbündeten ungestört reden zu können. Um mich machte sie sich keine Sorgen. Solange mein Vater hier war, würde ich sowieso immer wieder zurückkehren. Meinte sie.

Ich hatte nur einen kleinen Einkaufsbeutel bei mir, als ich die reich verzierte Tür zur Herberge öffnete. Eine wohlige Wärme und Stimmengewirr schlugen mir entgegen. Ich kannte die Gaststube gut. Meine Eltern und ich waren oft abends hier gewesen. Die Herberge war immer unsere Verbindung zur Zivilisation gewesen. Hinter dem Tresen verkaufte der Wirt alle möglichen Kleinigkeiten für diejenigen, die von Hütte zu Hütte wanderten. So bot er Unterkunft, Verpflegung, Medikamente, Wanderausrüstung, Spiele, Nähzeug, und weiteres, was die Wanderbegeisterten auf ihren Touren brauchten.

Jetzt, an diesem Winternachmittag, war die Gaststube schon gut gefüllt, die meisten suchten in dieser Jahreszeit Zuflucht vor Einbruch der Dämmerung. Ein grauhaariges Ehepaar mit professioneller Ausrüstung beugte sich konzentriert planend über eine Karte, die Köpfe der beiden Alten berührten sich fast, hinten lärmte vergnügt und ausgelassen eine Gruppe Jugendlicher, am Fenster saß eine Familie, eines der Kinder hatte ein Glas umgestoßen. Es wurde gewischt und gescholten, dann lachten sie wieder miteinander. Es war ja nur ein Glas, das konnte passieren, das passierte allen irgendwann einmal. Erinnerungen stiegen in mir auf. Ich war das Kind. Ich stieß ein Glas um, meine Mutter verdrehte die Augen, mein Vater schüttelte gutmütig lächelnd den Kopf, griff zur Serviette. Es roch nach Bratkartoffeln und Speck damals und heute. Mir fielen die Worte meines Vaters ein. Zum ersten Mal glaubte ich zu verstehen, was er mir auf dem Friedhof am Grab meiner Mutter zu erklären versucht hatte. Es war wirklich da: das dichte, vielschichtige Netz der Verbundenheit außerhalb von Zeit und Raum, ein Gefühl von Geborgenheit inmitten mir völlig fremder Menschen. *Bestandteil einer Gemeinschaft zu sein, ist nicht die Sehnsucht des Menschen, es ist seine Natur.*

Ich trat an den Tresen. Der Wirt füllte gerade schwungvoll die ersten Hefeweizen-Gläser, indem er die geöffnete Flasche kopfüber in das lange, geschwungene Glas steckte. Es sah aus wie Zauberei. Nachdem er die Bestellung an den Tisch der johlenden Jugendlichen gebracht hatte, kehrte er zurück und schaute mich auffordernd an. Ich erläuterte, was ich brauche. Er legte die Ware auf die Holzfläche und kassierte. Ich fragte nach der nächsten Gelegenheit, zurück in die Stadt zu kommen, und erfuhr, dass am nächsten Tag ein Kleinbus fahren würde. Es gab sogar noch freie Plätze. Erleichtert ließ ich einen Platz für mich reservieren und war versucht, nach einer Übernachtungsmöglichkeit zu fragen. Ich wollte hier bleiben, wo ich die Menschen spürte. Ich wollte nie wieder zurück in die Hütte am See, in die beklemmende Enge der winzigen Räume, in dieses kühle, schweigsame Miteinander, das sich anfühlte, als sei da - nichts.

Aber es kam kein Wort über meine Lippen.

Langsam und widerstrebend packte ich meine Einkäufe ein. Der Wirt mahnte mich noch an, am nächsten Morgen pünktlich zu sein. Der Kleinbus würde auf niemanden warten. Stumm nickend schulterte ich die Tasche und machte mich auf den Weg zurück zur Waldhütte. An der Waldschneise schaltete ich die Stirnlampe an. Es war inzwischen dunkel, aber ein hoher Mond stand am Himmel und leuchtete durch die kahlen Zweige der Bäume.

Insa und meinem Vater die Einkäufe zu bringen, erschien fair, meinen eignen Rucksack zu holen war sinnvoll und vernünftig. Auf jeden Fall. Mein Vater hatte zudem ein Recht darauf zu wissen, warum ich fortreiste. Sonst würde er am Ende noch einen Suchtrupp alarmieren. All das klang nachvollziehbar und richtig. Ich beteuerte es mir die ganze Zeit über. In meinem Kopf klang es wie ein fortlaufender Singsang, während ich durch das kleine Wäldchen stapfte, hinunter ins Tal, und das Licht der Stirnlampe zum Rhythmus meiner Schritte über den schneebedeckten

Waldboden tanzte. Ich leistete Überzeugungsarbeit bei mir selber, versuchte, jeglichen Fluchttendenzen zu widerstehen, um das hinter mich zu bringen, was logisch und richtig schien.

Zur gleichen Zeit spürte ich mit einer traurigen, beklemmenden Gewissheit, dass ich gerade dabei war, einen schwerwiegenden Fehler zu begehen.

Türchen Nr. 23

Entscheidung am Bootssteg
Tirol, Dezember 2017

Als die erleuchteten Fenster zwischen den Bäumen auftauchten, schaltete ich meine Stirnlampe aus. Sie sollten mich nicht kommen sehen. Ich trat näher heran und ging langsam um die Hütte herum zum Eingang, der zur Seeseite hin lag.

Da erkannte ich auf dem Bootssteg eine reglose Gestalt. Zuerst zögerte ich. Es war kein Gesicht zu erkennen, nur die dunklen Umrisse des Körpers. Die Person stand mit dem Rücken zu mir und starrte offensichtlich auf das Wasser. Sie trug eine Kapuze, war relativ groß und breitschultrig. Ich stellte den Einkaufsbeutel ab und trat langsam auf den Steg.

„Papa?"

Unter mir knarrten die Bowlen. Der Steg war rutschig von der dünnen Schneeschicht, die darauf lag. Die Gestalt regte sich nicht. Immer noch blieb das Gesicht von der Kapuze verborgen. Langsam näherte ich mich, streckte die Hand aus, um seine Schulter zu berühren.

Da drehte er sich mit einem Ruck um. Erschrocken wich ich einen Schritt zurück. Die Augen meines Vaters starrten mich weit aufgerissen an. Seine Stimme klingt rau und fremd.

„Ich kann mich erinnern, Tessa. Ich kann mich wieder erinnern."

„Woran?", fragte ich verwirrt.

„Ich weiß, wie ich gestorben bin. Es war keine waghalsige Klettertour, und es gab keinen Gletscher, der mich verschlungen hat. Ich stand hier auf dem Steg – genau an dieser Stelle - und habe nachgedacht, warum Manuela und ich uns so fremd geworden sind, ich suchte nach einem Weg, der mich zu ihr zurückführen könnte, da hörte ich die Schritte hinter mir, genau wie eben deine."

Er wandte sich wieder zum See hin, ich stellte mich an seine Seite und erblickte an seinen Wimpern glänzende Tränen.

„Wer war es, Papa?", fragte ich beklommen. „Wer?"

„Sie", hauchte er, den Blick mit einem Ausdruck des Entsetzens in die Dunkelheit gerichtet, in die undurchdringliche Dunkelheit, in der das Wasser, Berge, Bäume und Himmel zu einem einzigen düsteren Schatten verschwammen.

Wieder knarrten die Bretter des Bootsstegs. Wir fuhren herum.

„Er meint mich", erklang eine sanfte Stimme.

Insa hielt ein Messer in der Hand, mein Messer, das mir an jenem Abend aus der Hand geglitten war, an dem sie mir meinen Vater zurückgebracht hatte. Das Messer, das im Parkett stecken geblieben war.

„Ja, es stimmt. Ich habe seinen Tod zu verantworten, aber ich habe deinen Vater auch zurückgeholt."

Sie blickte an mir vorbei zu ihm.

„Chris, nur so konntest du wirklich zu mir gehören. Und jetzt ist Tessa dran. Auch sie wird zu uns gehören. Anders geht es nicht. Wir werden eine Familie sein. Eine einzigartige Familie. Wir zeugen unser Kind auf eine Weise, wie noch nie ein Paar sein Kind gezeugt hat."

Ihr Blick glitt wieder zurück. „

Du brauchst keine Angst zu haben, Tessa. Es tut nicht lange weh. Dein Vater ist bei dir. Du weißt doch, dir kann dann nichts geschehen. An ihm kommen nicht einmal die bösen Träume vorbei."

Ich stolperte einen Schritt rückwärts und stieß mit dem Rücken gegen meinen Vater. Seine Hände umfassten meine Schultern. Seine Finger bohrten sich durch meine Jacke. Wollte er mich schützen oder festhalten? War er Rettung oder Bedrohung?

„Papa?"

Angstvoll guckte ich über meine Schulter nach hinten. Aber der Mann hinter mir blieb stumm, seine Hände umgriffen meine Schultern mit einer beängstigenden Unerbittlichkeit. Mein Herz schlug hämmernd, mein Atem ging ruckartig. Meine Stimme zitterte.

„Du hast sie wirklich alle auf dem Gewissen?", fragte ich, um Zeit zu gewinnen. „Celine und meine Mutter, deinen Vater, deine Tante... und der Motorradunfall? Robin?"

„Ja, ja", gab die bleiche Frau bereitwillig zu und näherte sich langsam. Im Mondschein sah ihr Haar fast weiß aus. Sie hielt das Messer in der Hand wie einen Blumenstrauß, den sie zu überreichen vorhatte.

„Die und noch einige mehr. Tessa, Menschen werden geboren, um zu sterben. Das ist ihr Los. Sie sterben an Krankheiten, Kriegen oder Unfällen – und manche eben durch meine Hand. Kannst du sagen, was sinnvoller oder sinnloser ist, grausamer oder barmherziger – willst du das entscheiden, Tessa Born? Es ist kein großer Schritt ins Jenseits. Dein Vater wird das bestätigen. Der Schritt zurück ins Leben ist viel mühsamer, aber wir werden bei dir sein. Wir werden dir alles beibringen wie gute Eltern. Du fängst einfach noch einmal von vorne an."

Sie drehte das Messer, schloss die Faust fest um den Griff und hob den Arm, damit sie von oben zustoßen konnte.

„Nein, Insa, ich bitte dich, tu das nicht!"

Meine Stimme klang schrill. Ich drängte mich nach hinten an meinen Vater.

„Papa", schrie ich verzweifelt. „Bitte. Hilf mir!"

„Es tut mir leid", flüsterte Insa. Ihre Lippen verzogen sich zu einem gespenstischen Grinsen. „Aber es gab nie eine andere Option."

Mit plötzlicher Entschlossenheit und unerwarteter Wucht fuhr ihr Arm mit dem Messer auf mich nieder. Ich kreischte auf, doch es traf mich nicht. Ich wurde zur Seite gestoßen, zugleich gehalten. Mein Vater schlug mit der freien Faust gegen Insa, sie rutschte, stürzte, das Messer flog ins Dunkle, Insa verlor das Gleichgewicht, fiel, ich hörte das Aufklatschen im Wasser, ihren Schrei, alles passierte gleichzeitig und doch wie in Zeitlupe, als würde die Welt den Atem anhalten, aus weiter Ferne und zugleich nah und atemlos klang die Stimme meines Vater: „Ich lasse nicht zu, dass dir etwas geschieht, Tessa, niemals."

Er hielt mich immer noch fest, aber ich schob seinen Arm weg, starrte auf das Wasser, sah Insas hellen Kopf auftauchen, ihre schrillen Schreie gingen mir durch

Mark und Bein, sie schrie nicht wie jemand, der am Ertrinken war. Nicht die Angst formte diese spitzen, verzweifelten Töne, aus ihnen klangen unmenschliche Schmerzen.

Gedanken rasten durch meinen Kopf. Wenn sie Beruhigungsmittel brauchte, damit ihre furchtbaren Muskelschmerzen erträglich wurden, was bewirkte dann ein solcher Kälteschock in ihrer Muskulatur? Ohne einen bewussten Entschluss gefasst zu haben, schlüpfte ich aus meinen gefütterten Schuhen, zog mir die Jacke von den Schultern, öffnete meine Hosen, schob sie eilig über die Füße, die Socken gleich mit, Ballast ablegen, bloß kein Ballast, dann sprang ich, hörte im Sprung meinen Vater aufschreien, tauchte ins Wasser, der Kälteschock war unmittelbar, die restliche Kleidung, die ich am Körper trug, riss mich in die Tiefe, ich kämpfte mich zu der Stelle, wo Insas Kopf gerade weggesunken war, tauchte, tastete, um mich war eisige Nässe, Dunkelheit, Tiefe, ich griff ins Ungewisse, erfasste einen Arm, umklammerte, zerrte, arbeitete mich an die Oberfläche, schnappte nach Luft, zog verzweifelt und mit letzter Kraft an dem schweren, willenlosen Körper, schob den überschweren, vollgesogenen Mantel von ihren schlaffen Arme, Ballast abwerfen, bloß kein Ballast, schon hielt ich sie in Rückenlage unter den Schultern, die rechte Hand unter ihrem Kinn, stieß mit den Beinen, umklammerte sie, denn jetzt durfte sie nicht zappeln, nicht um sich schlagen, einige taten das, es wäre das Ende für uns beide gewesen. Mit krampfenden Muskeln brachte ich uns beide ans Ufer. Mein Vater kam uns entgegen, zog uns zu sich, schob uns beide die Böschung hinauf. Aber es war damit noch nicht vorbei, ich bearbeitete ihren Brustkorb, beatmete sie.

„Komm schon!", brüllte ich sie an, bis Wasser über ihre Lippen quoll, sie hustend und keuchend nach Luft schnappte, da sank ich neben sie auf die kalte Erde, legte mein Gesicht in den Schnee, die Erschöpfung war übermächtig. Mein Vater legte hastig seinen Mantel um mein Schultern, umfasste meinen Körper, um mich hoch zu heben.

„Es geht schon", keuchte ich, mobilisierte meine restlichen Kräfte. „Nimm Insa!"

Ich taumelte auf meinen eigenen eisigen Füßen, mein Vater trug die Ohnmächtige ins Haus. Wir legten Insa auf das Sofa, nahe ans Feuer, schichteten Holz nach. Ich schälte den willenlosen Körper - selber schlotternd – aus der restlichen nassgefrorenen Kleidung, mein Vater holte Decken, wickelte sie ein, dann mich, schlüpfte dann selbst in trockene Kleidung. Ich ließ mich auf einen der Sessel fallen, eingehüllt in die Decken, bekam warme Socken, eine Wärmflasche, eine heiße Suppe, immer wieder blickte ich zum Sofa, aber Insa atmete, sie atmete.

Nach einer Weile öffneten sich ihre Augen ein winziges Stück, sie begann vor sich hinzumurmeln. Manche ihrer Worte waren kaum zu verstehen: „Was seid ihr nicht für ein dämliches, hirnloses Pack. Ach, verdammt, nichts kapiert ihr, gar nichts. Ihr wart schon immer so blöd, einem konnte davon schlecht werden und ich hatte so viel Geduld mit euch, so viel Geduld..."

Ihre Stimme wurde leiser und verstummte. Sie hustete

172

hilflos keuchend, atmete schwer, atmete offensichtlich angestrengt gegen die Schmerzen an. Mein Vater stand auf und holte das Amytriptilin aus dem Medizinkasten, tropfte es auf einen Löffel, stützte ihren Kopf. Sie schluckte es, legte den Kopf zurück ins Kissen.

Dann schnaufte sie verächtlich und fuhr leise fort: „Ich wusste immer, dass ihr beide nicht mit viel Verstand gesegnet seid, ja klar, aber es war mir egal. Ich war so verliebt in meinen Plan. Alles war so perfekt. Und ihr macht alles zunichte!"

Es war eine leise, scharfe Stimme wie ein Zischen, voller Bitterkeit und Zorn. Ich wollte mir am liebsten die Ohren zuhalten, nichts mehr hören. Mir tat alles weh, die Haut, die Knochen, die Muskulatur. Ich sehnte mich nach Wärme und Stille. Aber dann horchte ich plötzlich doch auf.

Sie hatte einen Arm über die Augen gelegt. Es war fast so, als spräche sie zu sich selber: „Es war alles vorherbestimmt… Ich kenne euch schon so lange… Ich habe euch vor vielen Jahren schon gesehen, dort unten in der Herberge. Du warst vielleicht zehn oder elf, Tessa. Ein nerviges Kind… Aber ich habe den Blick deines Vaters gesehen. Er hat dich betrachtet, als wärst du ein Weltwunder… ein Weltwunder…So ein verdammtes Leuchten in seinen Augen…Mich hat niemals jemand so angesehen, nie in meinem ganzen Leben. Ich war so allein, so erbärmlich allein. - Also schmiedete ich einen Plan: ihr beide solltet meine Familie sein. Ja, so sollte es sein… so, nicht anders…Ich folgte euch heimlich nach Hannover, … Ich ließ mir Zeit … blieb immer in eurer Nähe. Das kleine Loch im Zaun,

173

ein Unterschlupf auf eurem Dachboden... Vielleicht hast du manchmal im Schlaf meine Schritte gehört, Tessa, hast du? Mit der Zeit habe ich es mir dort oben ganz gemütlich eingerichtet, in einem kleinen Unterschlupf, in dem ich bestimmt nicht die erste war, die sich verbarg. Deine Urgroßeltern haben ihr Haus sehr umsichtig gebaut. Man konnte es dort aushalten. Ein Leben im Schatten...aber es war nicht schlimm, ...nein, nicht schlimm, ich habe nebenbei meine Doktorarbeit geschrieben. Ich konnte sehr gut warten auf meinen Augenblick..."

Mein Vater und ich sahen uns an, während sie redete und redete. Wir unterbrachen sie nicht ein einziges Mal und stellten keine Fragen, aber ich war unendlich froh, als sie schließlich wieder die Augen schloss und ihr Atem tiefer und gleichmäßiger wurde.

Kurz darauf war sie eingeschlafen.

Mein Kopf sank auf die breite Armlehne des Sessels, ich lag wie ein zusammengerolltes Kätzchen. Noch nie in meinem Leben war ich so müde gewesen.

Mein Vater saß auf dem Fußboden, lehnte sich an das Sofa, auf dem Insa schwer atmend schlief. Er betrachtete nachdenklich die Flammen, dann fiel sein Blick auf mich.

„Warum hast du sie gerettet?", fragte er.

„Naja, ich bin Rettungsschwimmerin", erklärte ich schlicht. „Ich rette Menschen, ich lasse sie nicht einfach sterben."

„Ja, ich weiß", nickte er. „Aber warum *sie*? Du weißt, was sie getan hat. Du weißt, was sie vorhat. Warum hast du sie gerettet? Du hättest selber dabei sterben können. Du weißt nicht, ob sie jemals von ihrem Plan ablässt. Vielleicht versucht sie es wieder."

Ich zuckte mit den Schultern, die Flammen flackerten vor meinen Augen, die Funken tanzten in die Dunkelheit hinein, warum, warum, woher sollte ich das wissen. Ich konnte mich an keine Überlegung, keine Entscheidung erinnern. Mir fielen all die Menschen ein, die *mich* gerettet hatten, der kiffende LKW-Fahrer auf der A7, der Taxi-Fahrer in Hamburg, Monika vom Frauenhaus und die anderen in all den verschiedenen Frauenhäusern, deren Namen ich mir nicht einmal gemerkt hatte, Bernie, der so wunderschön zeichnen konnte, der Koch in der Kurklinik auf Norderney, warum hatten diese Menschen mir denn geholfen, ohne mich zu kennen, ohne etwas von mir zu wissen, wahrscheinlich war ich ihnen nicht einmal besonders sympathisch gewesen. Aber darum war es ihnen nicht gegangen.

Mir wurde bewusst, welch verschlungenen Wege ich gegangen war, um hier anzukommen, so viele Umwege, so oft war ich geflüchtet, um wieder zurückzukehren. Mir war, als wäre ich eigentlich immer nur hierher unterwegs gewesen, als sei es im Grunde nur darum gegangen, die wichtigste Tür zu öffnen und dort zu landen, wo ich mich jetzt befand. Mein Vater wartete immer noch auf eine Antwort. Ich lächelte ihn an.

„Vielleicht ging es ja gar nicht um Insa", erklärte ich zögernd. „Ja. Weißt du. Vielleicht habe ich Insa nur gerettet, um mich selbst zu retten."

175

Epilog
Hannover, Sommer 2018

Am Ende habe ich Insa Albu doch nicht retten können.
Sie erholte sich zwar von dem Eisbad, ihre Fibromyalgie bekamen wir mit vielen Medikamenten in den Griff, aber dennoch blieb eine Wunde zurück, die nicht verheilte. Noch bevor wir über die Frage, was aus unserem unglücklichen Trio nun werden solle, wirklich nachdenken konnten, erkrankte Insa erneut. Wir mussten sie in ein Krankenhaus bringen. Dort wurde eine unbekannte Viruserkrankung diagnostiziert.
Wir blieben an ihrer Seite, wechselten uns am Krankenbett ab. Rein gar nichts mehr an ihr wirkte furchteinflößend. Sie zeigte sich zum Schluss nur noch als das, was sie eigentlich immer gewesen war: eine verlorene, einsame Seele, die eigentlich gar nicht hätte hier sein sollen.

Mein Vater blieb in den Bergen zurück, als ich nach Hannover zurückkehrte.
Ich rief seine alten Wandergenossen an und erklärte ihnen, die in die Jahre gekommene Waldhütte benötige dringend einen ständigen Hausmeister, um in Schuss zu bleiben. Sie legen tapfer jeden Monat zusammen und zahlen dem alten Freund einen kleinen Lohn. Mein Vater benötigt nicht viel zum Leben. So

konnten wir die anstrengenden Bemühungen um eine Rentenzahlung aufgeben, unseren Kampf um seine juristische Wiederbelebung stellten wir stillschweigend ein. Sanft ruhe der Vorgang!

Mein Vater hatte schon in seinem ersten Leben die Wälder mehr als alles andere geliebt, in seinem zweiten sind ihm Bäume offensichtlich endgültig lieber als der Umgang mit Menschen. Manchmal, wenn ich bei ihm in Tirol bin, necke ich ihn und behaupte, eines Tages würde er bestimmt inmitten seiner borkigen Freunde stehen bleiben und Wurzeln schlagen. Dann sieht er mich so an, als würde er diese Möglichkeit ernsthaft in Betracht ziehen.

Ich kehrte zwar allein zurück, aber ich blieb es zum Glück nicht lange: ich habe Ursel aus dem Pflegeheim nach Hause geholt. Da sie niemanden mit ihrer mysteriösen Spontanheilung erschrecken will, bleibt sie offiziell bei mir in Pflege und kann in Ruhe alle Bücher schreiben, die ihr auf dem Herzen liegen, nur nicht unter ihrem eigenen Namen. Aber auch dieses Problem hat eine Lösung gefunden.

Zum Sommersemester ist Mandy als drittes WG-Mitglied bei uns eingezogen. Sie studiert Germanistik, kann wunderbar mit Worten umgehen und hat Ursel überredet, ihre Erfahrungen im Pflegeheim nicht wissenschaftlich, sondern eher poetisch anzugehen. Mandy gibt dem Buch also eine schwungvolle Sprache, während Ursel ihre Erkenntnisse einbringt, eine fruchtbare Zusammenarbeit, die beide beflügelt.

Überhaupt steht unsere kleine Wohngemeinschaft aus

meiner Sicht unter einem guten Stern. Sogar Bernie, der uns im Frühjahr besucht hat, stolperte hier in ein unverhofftes Glück hinein. Es war ein lauer Abend im Mai, wir saßen auf der Terrasse. Ursel erzählte von ihren wilden Theorien, deren zufolge Sagen und Legenden stets einen wahren Ursprung haben, und entzündete in Bernie ein Feuer. Sie redeten noch voller Begeisterung, als Mandy und ich längst ins Bett fielen. Am nächsten Morgen leuchteten die Augen meines ehemaligen Mitbewohners.

„Es ist alles wahr!", verkündete er fassungslos. „Ich habe es immer gewusst. Im Grunde ist alles wahr!"

Vor ein paar Wochen hat er Ursel eingeladen, weil es ein großes Sommer-Fantasy-Spektakel in Stuttgart gibt, allerdings haben nur solche Personen Einlass, die mit einer entsprechenden Verleidung erscheinen. Ursel hat sich daraufhin ein spektakuläres Kleid aus schwarzem Taft schneidern lassen, sich die kurzen grauen Haare schwarz gefärbt, eine Haube mit beeindruckenden Hörnern aufgesetzt und verkündet, von nun an eine gewisse *Maleficent* zu verkörpern. Als sie in voller Verkleidung vor dem Spiegel posiert, lachen wir drei wie ausgelassene Teenager.

An einem lauen Spätsommertag reist Ursel vergnügt ab Richtung Stuttgart, den Kofferraum voller Gepäck, darunter ein Extra-Koffer nur für das Kostüm.

Während wir ihr noch nachwinken, fragt Mandy mich: „Sage mal, glaubst du, dass die beiden…"

„Pscht!", mache ich streng. „Das geht uns nichts an. Das gehört allein ihnen."

178

Wir gehen hinein, räumen gemeinsam das Geschirr in den Spüler, dann schultert Mandy ihren Rucksack, um zur Uni zu radeln.

„Was treibst du heute?", fragt sie im Hinausgehen.

„Ich glaube, ich werde ein paar der alten Kartons ausräumen.", seufze ich. „Wird langsam Zeit, sonst stehen sie noch im nächsten Jahr im Keller."

„Gute Idee!" Sorglos winkt sie noch einmal und verschwindet nach draußen. Die Haustür schlägt hinter ihr zu.

Lustlos schleppe ich den ersten Karton in mein Zimmer. Der Inhalt ist nicht sehr beeindruckend. Gesammelte Brief von einer alten Brieffreundin, alberne Andenken aus Österreich, mäßig gut gemalte Bilder aus dem Kunstunterricht. All das habe ich die letzten Jahre nicht vermisst. Ich werde es auch in Zukunft nicht vermissen. Aber alles wegschmeißen? Ich beschließe, es in meinen Schrank zu schieben und es mir später anzusehen. Vielleicht im Winter...

Mit einem entschlossenen Schwung schiebe ich die schwere Kiste in das unterste leergeräumte Fach meines Kleiderschrankes. Da kracht es und die rückwärtige Wand bricht. Als ich den Karton wieder herausziehe, traue ich meinen Augen nicht. Hinter meinem Schrank ist ein Hohlraum. Ich stelle die Kiste zur Seite und suche nach einer Taschenlampe. Offensichtlich ist zwischen dem Badezimmer und meinem Zimmer ein unauffällig schmaler Raum gelassen worden beim Bau des Hauses. Ich schiebe den Rest der gebrochenen Rückwand nach hinten. Sie hat

179

Scharniere: eine niedrige, von meinem Zimmer aus gut verborgene Tür.

Ich leuchte in den Hohlraum hinein, der sich hinter dem Einbauschrank aufgetan hat. Eine schmale Treppe führt steil hinauf, so schmal, dass eine ausgewachsene Person ihre Schultern eng zusammenziehen muss. Ich bücke mich und klettere in den Schacht, steige die Treppe hinauf, quetsche mich zwischen den beiden Wänden entlang. Oben ist eine Tür, die ich aufschiebe.

Hier müsste der Dachboden sein.

Aber es ist nicht der Dachboden, den ich kenne.

Im Schein meiner Taschenlampe erahne ich einen kleinen Verschlag, ein verborgener Raum hinter der Dachbodenwand. Ich beleuchte die Wand neben mir. Ein Lichtschalter. Ich drücke darauf. Ein mattes Licht fällt auf einen winzigen Raum unter einer Schräge. Es ist ein vollständig eingerichtetes Zimmer, ein Schlafsofa mit einem kleinen Tisch, sogar Kleidung liegt über einem Stuhl, als habe sich hier gerade jemand umgezogen. Alles wirkt ein wenig schäbig und zusammengewürfelt, die Polster sind ausgeblichen, das Stuhlgeflecht zerrissen, es ist eng, aber ohne Zweifel wurde all das hier benutzt. Wieviel Zeit hat Insa hier verbracht? Wann hat sie sich hier niedergelassen und eingerichtet? Auf dem zerkratzten alten Tisch steht ein Laptop, daneben liegt ein Zettel. Alarmiert schaue ich mich um, dann gehe ich näher und greife nach ihm. Er ist staubig. Also liegt er schon länger hier. Sie hat ihn liegen lassen, bevor wir nach Tirol fuhren. Das kann nichts Bedrohliches sein. Wahrscheinlich nur ein Bild von einem Kuckuck.

180

Ich falte das Blatt auseinander und lese ihr zierliche Schrift: *„Liebste Tessa, wenn du dies findest, gehöre ich wahrscheinlich nicht mehr zu deinem Leben, noch all der langen Zeit, die ich ein Teil davon war. Deine Urgroßeltern haben wunderbar vorgesorgt für ihre verfolgten Nachbarn. Ich bin ihnen sehr dankbar für diesen Unterschlupf. Sie haben sogar einen Notausgang eingebaut. Unter dem Teppich ist eine Klappe im Boden. Eine Leiter führt direkt bis in den Keller. So konnte der Raum nicht zu einer Falle werden. Für mich war es ideal. Ich habe im Keller meine Kleidung gelagert. Im Schrank Deiner Großmutter. Übrigens habe ich dort noch ein letztes Geschenk für dich. Aus alter langjähriger Freundschaft. Damit du mich nicht vergisst. Es liegt im Schrank. Hol es dir. Deine Insa.“*

Ich bin merkwürdig berührt. Lange stehe ich gedankenverloren in der kleinen Kammer und lese den Brief immer wieder, blicke mich um, lese erneut. Es ist Zeit, endlich Frieden zu finden, Insa Albu, denke ich. Jetzt wird sie mit Sicherheit nicht wieder zurückkehren. Wir haben ihre Leiche verbrennen lassen.

Dann denke ich an den Schrank meiner Großmutter, der im Keller steht. Also war es doch nicht meine Mutter gewesen, die dort alte Kleidung lagerte. Was für ein Geschenk mag Insa für mich zurückgelassen haben? Eine gemeinsame Erinnerung oder etwas aus ihrer eigenen Vergangenheit? Ein Tagebuch? Alte Familienfotos?

Ich öffne zwar die Bodenklappe, die Insa in ihrem Brief erwähnte, und finde die Leiter, die einen engen

Schacht hinunter in die Dunkelheit führt, beschließe aber, lieber die Treppe zu nehmen.

Also gehe ich erneut hinunter in den Keller. Er hat seinen Schrecken für mich noch nicht ganz verloren, manchmal steigt noch die Vision in mir auf, die Kellertür könne sich langsam und unerbittlich schließen, während ich hier unten bin.

Ich gehe in den Raum mit den vielen Schränken und Regalen. Dort steht der Schrank meiner Großmutter, etwas breiter als die anderen, mit geschwungenen Füßen, glänzendes altmodisches Holz. Neugierig ziehe ich die Schranktüren auf.

Dort liegt kein Geschenk.

Dort hängt auch keine Kleidung mehr.

Dort baumelt eine Gestalt an einem Strick. Plastikaugen starren mich an, ein Riss, der quer durch das Gesicht verläuft, eine Puppe, groß wie ein Kind, schaukelt in der Dunkelheit des Schrankes langsam hin und her. Eine mechanische Stimme erklingt schnarrend, verzerrt und undeutlich: "Hall.., Mam.., … wieder da… wieder da… wieder da…"

Ende